光文社文庫

文庫書下ろし

SCIS
最先端科学犯罪捜査班SS I

中村　啓

光　文　社

この作品は光文社文庫のために書下ろされました。

「SCIS 最先端科学犯罪捜査班SS Ⅰ」目次

ＳＣＩＳ　最先端科学犯罪捜査班[SS]　Ｉ　おもな登場人物

小比類巻祐一……警察庁刑事局刑事企画課所属。警視正。35歳。ＳＣＩＳチームを率いる。
最上友紀子……元帝都大学教授。天才科学者。祐一の大学時代の知人。ＳＣＩＳチームの一員。35歳。
島崎博也……警察庁刑事局刑事企画課課長。警視長。43歳。
中島加奈子……警察庁刑事局刑事企画課課長。警視長。46歳。
長谷部勉……警視庁捜査一課第五強行犯殺人犯捜査第七係係長。警部。48歳。ＳＣＩＳチームの一員。
玉置孝……警視庁捜査一課第五強行犯殺人犯捜査第七係捜査員。巡査部長。36歳。ＳＣＩＳチームの一員。
山中森生……警視庁捜査一課第五強行犯殺人犯捜査第七係捜査員。巡査。27歳。ＳＣＩＳチームの一員。
江本優奈……警視庁捜査一課第五強行犯殺人犯捜査第七係捜査員。巡査。29歳。ＳＣＩＳチームの一員。

SCIS 最先端科学犯罪捜査班SS

序章

月の明るい夜空に、桜の花びらが舞っていた。

島崎博也はその少しばかり幻想的な風景を眺めた。さっきまで有楽町で局長と飲んでいたため、幾分ほろ酔い気分だった。西武池袋線に乗って地元のひばりヶ丘駅で降り、もうすぐ自宅に着くところだ。いまどきめずらしく髪は七三に分け、フレームレスの小洒落た眼鏡をかけており、いつものようにストライプの入った濃紺のスリーピーススーツを着ていた。どこからどう見てもエリート然といった雰囲気を醸し出していることは本人も自覚していた。

島崎は警察庁刑事局刑事企画課の課長という職にある。階級は警視長である。警察庁の刑事局は捜査執行を行う機関ではなく、政策的な役割を担い、全国の刑事警察を指導統括する立場にある。その刑事企画課とは、刑事警察の運営に関する企画や立案、適正捜査や捜査管理の指導などを行っている。日本でもっとも優秀な人材の集まるといわれるキャリア官僚たちの世界であり、日本の治安を守るために大局的な政策方針を打ち出すことが責務である。

島崎博也はまだ四十三歳であるから順調に出世してきたと言っていい。同期よりも数年早いくらいだ。

「最先端科学の絡んだ事案を捜査する班の運営を任せたい」

そんな話を局長が持ってきたときには、自分は出世コースから外れてしまったのではないかとうろたえたものだった。次に声がかかるときは、どこかの県警の本部長にでもなるのだろうと思っていたからだ。

結果、それは杞憂だった。この一年の間に、島崎が運営を任された班、ＳＣＩＳは想像以上の成果を上げ、より大きな〝室〟としての扱いになるだろうと、局長から言われたからだ。警視庁捜査一課の一係くらい、約十人の捜査員を擁する室にするつもりだという。ＳＣＩＳとは、〈サイエンティフィック・クライム・インベスティゲーション・スクワッド〉、すなわち〈科学犯罪捜査班〉の略であるが、「室」となれば、〈サイエンティフィック・クライム・インベスティゲーション・ルーム〉、すなわち、〈科学犯罪捜査室〉となり、略称は〈ＳＣＩＲ〉になるだろう。

飲み過ぎたのかもしれない。足取りがふわふわとしていた。千鳥足だ。通行人が後ろから島崎を軽々と追い越していったし、前から来る人々も島崎を避けていった。

島崎は最高の気分だった。

日本にはこれまでになかった最先端科学犯罪の捜査班を運営し、それが軌道に乗っているというのだから。科学技術が発展したいま、昔ならＳＦの世界だと斬り捨てられた話も現実のものになりつつある。いや、一部はすでに現実化している。そんな科学が急速に進化した現代だからこそ起きる事案に、ＳＣＩＳは立ち向かうのだ。

島崎は運営者なので実際の捜査は、警察庁の直属の部下である小比類巻（こひるいまき）祐一（ゆういち）警視正と警視庁捜査一課の長谷部（はせべ）勉（つとむ）警部以下の捜査員たちが行っているわけだが、彼らはみなとても優秀だった。島崎は誇らしい気分だった。みんなで酒でも飲みたい気分だ。ふと、島崎は小比類巻とさえ酒を飲んだことがないことを思い出した。今度ＳＣＩＳ、いや、ＳＣＩＲの捜査員たち全員を集めて、打ち上げでもやれれば……。

まだこれからだというのに、島崎はなぜかいい人生だったなぁとしみじみ思った。脳裏に走馬灯のように過去の印象的だった出来事が浮かび上がっては消えていった。

帝都大学法学部に入学したこと、国家公務員I種試験に合格したこと、警察庁への入庁が決まったこと、警察大学校を修了したこと、警視庁に出向になって初めて殺人事件の現場に臨場したこと、それから、妻と結婚したこと、息子の聖司が生まれたこと……。そして、SCISの運営を任されたことだ。なぜか小比類巻祐一と最上友紀子博士の顔まで思い浮かんだ。

島崎は幸福感に包まれていた。いまが人生の絶頂にあるのではないかと思うほどに。ぶるぶるとかぶりを振った。とんでもないことだ。おれはこれから県警の本部長になって、その後は刑事局長になる。その次は警察庁長官官房長、警察庁次長、そして最後に警察庁長官の座を射止めるのだから、ここがおれの頂点であるはずがない。

幻想的な空を見上げながら歩いていたら、前方の注意を怠っていた。

どん、という強い衝撃を受けた。何が起こったのかわからなかった。次に鋭い痛みが腹部を襲った。左手で探ってみて、目の前に持ってくると、鮮血で真っ赤に染まっていた。血が溢れ出しているようだった。見たこともないほど大量の血だ。ナイフのようなもので刺されたらしい。

後方を振り向いたが、誰もいなかった。

島崎は声にならない叫びを上げた。足に力が入らなくなり、その場にしゃがみ込んだ。だんだん身体が弛緩(しかん)していく。島崎は懐から携帯電話を取り出そうとしたが、手が言うことを聞かず、内ポケットから滑り落ちてしまった。それを拾おうとする力はもう残っていなかった。

島崎はアスファルトの上に倒れ込んだ。夜空を見上げた。ナイフの刃はずいぶん深くまで刺さったようだ。自分は死ぬのか。妻と息子の名を呼んだが、もはや声にならなかった。

第一章　透明になる欲動

1

確かに足音がした。

菅原尚美は振り返ったが、暗がりに人の姿は見えなかった。公園脇の通りは街灯が少なく、街路樹の陰に隠れることもできようが、先ほどから気配を感じて三回振り返ってみても、人の姿をとらえることはできなかった。

尚美は足を速めた。何だか嫌な気がする。今日は大学の先輩の紹介で人と会ってきたのだが、冴えない雰囲気の暗い男だったのだ。なぜ先輩はあんな男を紹介しようと思ったのだろう。尚美と釣り合うと思ったのだろうか。だとしたら、ちょっと腹の立つ話だ。

男は尚美より一回り以上年上だった。後日、先輩に文句の一つでも言っておかなくては。男が尚美のことを気に入ったのかどうかもわからない。まるで表情や態度に変化が表れなかったからだ。口数も少なく、話もすぐに尽きた。一緒に食事をした一時間ほどの間、尚美はずっと早く家に帰りたかった。

男が尚美のあとを尾けてきたとまでは思わなかったが、男の放つ負のオーラにつきまとわれているようですごく嫌だった。

すぐ後方で小石が弾む音がした。総毛立った。間違いなく誰かが真後ろにいる。自分はずっと狙われていたのだ。

尚美は駆け出した。久しく走るという行為をしたことがなかったが、足はもつれることなくまともに動いてくれた。尚美の住む実家まで五分の距離だった。まっすぐ自宅に向かっていいものか、何者かに住所を知られるのではないかと恐れたが、回り道をする心の余裕はなかった。

自宅が見えるところまでやってきて、玄関扉の上に灯る明かりを見たとき、尚美は少し心の余裕を取り戻した。背後の者を無事まくことができたのではないかと思えた。何者かはたぶん変質者だ。通行人をからかっているだけだ。自宅にまで来たりはしないだろう。

尚美は早足になりながら、後ろを振り返ってみた。

誰もいない。路に隠れるところはない。

確かに小石を蹴る音を聞いたはずだが。気のせいだったのだろうか。

あの男に会ったせいかもしれない。嫌な気分が幻聴を聞かせたのだ。

尚美は足を止め、ほっと安堵のため息をついた。鞄から鍵を取り出し、玄関ドアの鍵穴に差し入れようとしたとき、後ろから髪の毛を強い力で引っ張られ、その場に引きずり倒された。尚美は何が起こったのかさっぱりわからなかった。悲鳴一つ上げることもできなかった。

尚美は玄関扉前の狭い空間に一人で尻餅をついていた。四方に素早く首をめぐらせても、やっぱり周りには誰もいなかった。足音もない。誰もその場から逃げた者はいなかった。

尚美は狐につままれたような気分でしばらくそのまま地面に尻をついていた。強く引っぱられた頭皮がじんじんと痛んだ。

2

篠突く雨の冷たい夜だった。島崎博也警視長の通夜が行われた。

小比類巻祐一は、直属の部下の一人として、島崎警視長が運営していたＳＣＩＳの班長として、弔問に馳せ参じた。警察庁長官以下、警察庁のお偉方の姿がそろっていた。長谷部勉警部、そして、新旧ＳＣＩＳの面々、玉置孝巡査部長、山中森生巡査、奥田玲音巡査、江本優奈巡査、そして、最上友紀子博士の姿もあった。

ＳＣＩＳとは、〈サイエンティフィック・クライム・インベスティゲーション・スクワッド〉、すなわち〈科学犯罪捜査班〉の略である。最先端の科学技術の絡んだ不可解な事件を捜査するために、警察庁刑事局の小比類巻祐一警視正をトップとして結成された特別なチームである。警視庁捜査一課の第五強行犯殺人犯捜査第七係の長谷部勉警部を実働部隊の長として、その下に数名の個性的ながら優秀な捜査員を置き、在野の天才科学者である最上友紀子博士をアドバイザー的な存在として擁している。

祐一は焼香を終えると、喪主である夫人のほうへ近づき、「小比類巻です。心よりお悔やみ申し上げます。生前ご主人には大変お世話になりました」と言った。夫人は「恐れ入ります」とだけ答えた。通夜振舞いも用意してあるとのことだったが、祐一は遠慮させてもらうことにした。遺された夫人と息子の顔を見ているのがつらかったからだ。

島崎博也警視長は三月三十一日の晩、午後十時二十分ごろ、何者かにナイフで心臓を刺され死亡した。目下、管轄の田無署には捜査本部が設置され、百人態勢で捜査に当たっているというが、いまのところ有益な目撃情報は得られておらず、犯人の目星もついていないとのことだった。島崎警視長がトラブルを抱えていたのかどうかについても現在調査中とのことだが、祐一が知っている島崎博也は人から殺されるほどの恨みを買うような人物ではなかった。

葬儀場の外に出たところで、傘を広げようとすると、後ろから声をかけられた。振り返ると、刑事局局長の砂川大輔警視監が立っていた。身長は一八五センチを超え、縦にも横にも大きな巨漢で、頭はすっかり禿げ上がっており、両の鬢と首の後ろにわずかに残るだけである。多くの人望を集め、警察庁長官の座を期待されている男だ。

砂川の頭は雨を受けて光っていた。傘を差し出すのもどうかと思ったので、祐一は傘を仕舞い、自分も雨に濡れた。

「島崎君は残念だった」

静かな低い声で砂川は言った。

「ＳＣＩＳは彼の下で、よく育ったと思う。小比類巻君、これからも頼むよ」

「かしこまりました」

祐一は直立不動のまま答えた。

砂川は祐一の肩に大きな手で触れると、くるりと踵を返して葬儀場へ戻っていった。

祐一もまた踵を返し、傘も差さずに歩き出した。島崎が死んだという事実がいまだに信じられなかった。エリート意識が鼻につくこともあったが、憎めない男だった。

コピルアクやブラックアイボリーといった高級なコーヒーを島崎に勧められたことを思い出した。

祐一は駅近くの古びた喫茶店に入り、一杯のコーヒーを注文した。島崎のことを弔いながら味わうように飲んだ。

3

目覚めの悪い朝だった。祐一はベッドの中でぐずぐずとしていた。そういうことはめずらしい。

近しい人間が死ぬというのは嫌なものだ。心理的なダメージが強く残っていた。

島崎課長の事件があってから二週間が経過した。一期と言われる二週間が過ぎたことになる。一つの目安である一期が過ぎると、捜査員が大幅に減らされてしまうのが通例だが、現役の警察官僚が殺害された本事案に対する警察の思い入れは強い。捜査本部が縮小されたという話は聞いていない。

祐一は何もできない自分を歯がゆく感じた。シャツを身につけネクタイを締め、スーツを着た。同じマンションの一階下に娘の星来と母の聡子が暮らしている。祐一が仕事で多忙なため、星来は母に預かってもらうことにしたのだ。いま母は喜んで星来を育てている。星来はこの春から小学校に上がった。毎日学校が楽しくて仕方がないそうだ。母が勉強も教えてくれているし、父子家庭ではあるが、いまのところ不安はない。

祐一の妻の亜美は六年前にがんとの長きにわたる闘病の末に亡くなった。母子ともに負担のかかるがん治療や放射線治療は避け、民間療法を試してみたが結局だめだった。

いや、亡くなったという言葉は正確ではない。妻の死を受け入れられなかった祐一は最先端科学に望みを託すことにしたのだ。すなわち、死亡する直前、昏睡状態に陥った妻をマイナス一九六度の液体窒素に漬けて冷凍保存し、将来、人類ががんを克服する技術を開発し、冷凍保存した人間をよみがえらせる技術が完成した暁に、亜美の目を覚まさせる予定なのだ。

そのことは秘密だ。何人か知られたくない人物に知られてしまったが、それで何かトラブルが発生したことはない。亜美は永遠の眠りについたまま、誰からも邪魔されることはないだろう。

朝の七時、祐一は母の部屋を訪ね、一緒に朝食を摂ることを日課にしている。この日も七時に母の部屋に顔を出し、二人に朝の挨拶をしてから、祐一は自分の席に着いた。星来は対面の席で子供向けのテレビ番組を観ているところだった。邪魔をすると機嫌を損ねるので、祐一は早朝に母が郵便受けから取ってきた新聞に目を通した。一面を見てから、社会面に目を通したが、島崎課長の事件についての記事はなかった。

焼かれたトーストとベーコンエッグ、ほうれん草の胡麻和えがテーブルに運ばれてきた。

「ほら、星来ちゃん、テレビばっかり見てないで、ご飯食べようね」

母はちゃんと星来をしつけてくれているようだ。母には感謝しかない。

「はーい」

星来は生返事をして、目はテレビに釘付けのまま、箸を動かし始めた。

「こら、星来。食べるときは食べることに集中するんだぞ」

「パパもだよ」

星来は祐一が新聞を手にしていることを言っている。だんだん生意気になってきたようだ。祐一はため息交じりに新聞を椅子の上に置いた。

星来が時間を気にしながら朝食を掻き込むようにした。

「そんなに急がなくても遅刻しないだろう」

「違うの。杏里(あんり)ちゃんが来ちゃうから」

母が嬉しそうに言う。

「星来はもう友達ができたのよね」

「へえ、もう友達ができたのか。よかったな」

そうこうするうちにインターフォンが鳴った。母が腰を上げて、インターフォンに何やら応じてから、星来のほうへ言った。

「杏里ちゃんが来たよ」

「ほらね」

と、祐一の仕事用の携帯電話が鳴った。すぐに出ないわけにはいかない。祐一が電話に出ると、星来が「食事中だよ」と抗議の声を上げたが、手を上げて黙らせた。

「小比類巻さん」

島崎課長の代わりに新しく刑事企画課課長に就任した中島加奈子警視長だった。少し低い特徴的な声が言った。

「SCIS関連の事案が発生しました。至急、課長室まで来てください」

口調は丁寧ながら感情がいっさい排されたような冷たい話し方だ。

「かしこまりました」

「それが……」

中島は何か言いかけたが、「いや、なんでもありません」と、結局言葉を呑み込んでしまった。

祐一には何となくそれが何かわかるのだった。島崎も初めは似たような反応を見せたものだ。ＳＣＩＳ案件という摩訶不思議な事案を目に耳にした者はみな一様に同じような反応を見せるのだ。

そんな馬鹿なことがありうるのか、と――。

4

新しい課長になってから、祐一は課長室に入るのは初めてである。中島加奈子警視長は、警察庁では大変めずらしい女性官僚である。当分先のことであるが、女性初の警察庁長官が誕生するならば、中島加奈子ではないかと庁内でも噂されているほどだ。そんな人物がＳＣＩＳを管掌する課の長になったということは、ＳＣＩＳという班自体も将来を嘱望されているということだろう。

小比類巻祐一は課長室の前でネクタイを整え、扉を二度ノックした。「入りなさい」という声が上がり、祐一は扉を開いた。

一瞬、祐一は部屋を間違えたと思い、ドアを閉めかけた。正面のソファの上に、中島課長の顔を認めたので、あわててドアを開いて、深々と頭を垂れた。

頭を上げたとき、思わず部屋を見回してしまった。島崎課長のころの機能性だけを優先した殺風景な部屋とは似ても似つかなかった。ヨーロピアンスタイルとでもいうのだろうか、執務デスクも応接セットも資料を納める棚もすべての調度品は、暖かな色合いの落ち着いたアンティーク調のものばかりだった。応接セットの下には華やかなラグが敷かれている。シャンデリアこそないが、祐一はヨーロッパ貴族の住む城の一室にでも迷い込んだのかと思った。

「さあ、そこに座りなさい」

祐一は言われたとおり、セピア色の革の張られた高級そうな椅子に腰を下ろした。S字の曲線を描いた猫脚になっている。座り心地はあまりよくなく、長居するには不向きに思えた。もっとも長居する気は毛頭なかったが。

中島加奈子課長は対面のソファに座っていた。ネイビーブルーのスーツに、グレイのシャツを合わせていた。両耳たぶにゴールドの小さなピアスが光っている。警察庁が入っているこの中央合同庁舎第2号館にいる誰よりもハイセンスなファッションをしていると断言できる。黒髪のセミロング、整った目鼻立ちをしているが、確か四十六歳だという年齢よりも少し老けて見える。警察組織という男性社会での出世競争で苦労が絶えなかったのだろうかなどとつい思ってしまう。顔形や雰囲気もそうだが、低い特徴的な声、そして、しゃべり方のせいで、上司の風格を有している。噂によると、既婚者であり、夫もまた中央省庁の高級官僚であるというが。

強めのアイラインを引いた力強い目が祐一を捉えていた。

「何か飲みますか？　といっても、この部屋には紅茶しかありませんが」

「それでは、紅茶をいただきます」

紅茶を飲むなど何年ぶりだろうかと思いながら祐一は仕方なくそう応じた。

中島課長は高級そうな白い陶磁器のカップにおそろいの白い陶磁器のティーポットから慣れた手つきで紅茶を注いだ。

華やかな芳香が香った。祐一はカップに口をつけた。

「おいしいですね。ダージリンですか？」

「アールグレイです。ベルガモットの香りがするでしょう」

生半可（なまはんか）な知識でものを言ったことを後悔した。

中島課長は自分のカップにも紅茶を注ぎ、香りを嗅いでから、そっと啜(すす)るように飲んだ。香りと味を楽しむように数秒目を閉じている。コーヒー党の島崎の次は負けず劣らずの紅茶党の中島が後を継ぐとは、何かの因縁だろうか。

「時間は貴重です。さっそく本題に入りましょうか」

中島課長はカップをテーブルに戻すと口を開いた。

「朝方、警視庁の生活安全(セイアン)部長から連絡がありました。至急見てもらいたい映像があると。朝の六時前にここへ来て、生活安全部長を呼んでパソコンで見せてもらったんですが、四十六年間生きてきて初めて自分の目を疑うことになりました」

生活安全部は、少年犯罪から銃刀法関係、経済犯罪関係、ストーカー犯罪まで扱う部署である。

中島課長は驚いた様子を再現するように目を大きく見開いた。

「SCISがこれまで扱ってきた事案については報告書で読ませてもらっていますが、今回の案件も負けず劣らず奇妙奇天烈(きてれつ)な事案のように思います」

「ほう、奇妙奇天烈ですか……」

中島課長は興奮しているようだ。確かに警察庁内のどのセクションの仕事よりもエキサイティングなのは間違いない。中島課長はここへ就任直後、祐一に向かって、SCISをこれまでの班の扱いから室の扱いへと昇格させると言っていた。警視庁捜査一課の捜査員をいつでも臨機応変に編入させることも可能であると。人員もカネも増やすことができるという意味だ。

つまり、中島課長は出世コースのど真ん中におり、外面からはそうは見えないが、やる気を見せているのかもしれない。

祐一はいたって冷静な口調で尋ねた。

「お話の内容が見えませんが」

「まあ、論より証拠です。現物を見てもらったほうが話が早いでしょう」

中島課長は立ち上がり、執務デスクからノートパソコンを取ってくると、操作しながらあらためて説明を始めた。

「いまから見せるのは、中野に住む被害者の自宅に設置された防犯カメラの映像です。被害者の名は、由良真弓（ゆらまゆみ）、二十歳。明城（めいじょう）大学の学生で、バイトの帰りに自宅前で暴漢に襲われたということです。本人は頸椎（けいつい）損傷の重傷を負っています。ちょうど半年前に自転車の盗難に遭ったとのことで、玄関先に防犯カメラを付けていたそうで、この映像が残ったというわけです」

中島課長はノートパソコンの画面を祐一のほうに向けた。映っていたのは、玄関ドアと家の前の通りの間の小さなスペースで、いままさに若い女性が自宅前に到着したところだった。由良真弓は身長が一五五センチくらい。髪は明るめのボブで、色白で人好きのする顔立ちをしている。

由良真弓が玄関前にたどり着き、鞄の中から鍵を探り当て、ドアの鍵穴に差し入れようとしたときだった。突然、由良真弓の動きが止まったかと思うや、首が後方へいきなり異様な角度にまで曲がり、そのままお尻から地面に倒れてしまったのだ。防犯カメラに音まではおさまっていない。祐一の目には、見えない何かの力によって、由良真弓が髪を引っ張られて、後ろに引き倒されたかのように見えた。

祐一は自分の手でノートパソコンのキーボードを操作して、映像を最初から再生してみたが、由良真弓は自ら足を滑らせて後方に尻餅をついた、ようには見えなかった。

「被害者の首が後ろに倒れるとき、後ろの髪の毛が持ち上がるんです。まるで髪をつかまれたような形に」

中島課長は神妙な表情でうなずいた。

「そう、見えない手が被害者の髪をつかんだように、です。被害者は何者かによって後ろに引き倒されたように見えますね」

「ええ、そのようにわたしにも見えます」

中島課長は老眼鏡をかけると、手元に置いてあった資料に視線を落とした。

「被害者の証言はこうです。姿の見えない何者かが帰り道をずっと尾いてきていた。玄関前で鍵を開けようとしていると、いきなり髪をつかまれて、後ろに引っ張り倒された、と」

祐一は由良真弓だけを映し続ける防犯カメラの映像を見つめながら尋ねた。

「被害者は犯人の顔を見ていないんですね？」

「犯人がいま、いたように見えましたか？」

「いいえ……」

「そういうことです」

中島課長はソファの背にもたれると、祐一のほうにうかがうような視線を向けた。

「さて、ＳＣＩＳの指揮官である小比類巻さんの見解を聞かせてもらいましょうか」

祐一はどきりとさせられた。祐一は捜査員でもなければ、科学者でもない。島崎課長もいきなり見解を聞いてきたりはしなかった。

祐一はしどろもどろになりながらも何とか答えた。

「そ、そうですね……、被害者が犯人の顔や姿を見ていない、防犯カメラにも映っていないとなると、被害者は確かに奇妙な倒れ方はしましたが、犯罪性はない、単なる事故だと断定せざるを得ないのではないでしょうか」

中島課長は意外な反応を示した。そんな答弁は聞きたくないというように、顔の前で鷹揚に手を振った。

「小比類巻さん、最初の貴重な印象を押し込めて、無難な結論に飛びつこうとするのはいかがなものでしょうね。あなたは他の警察官僚とは違って理系でもあるし、異色でもあると買われたから、ＳＣＩＳを任されたんじゃなかったですか？」

「確かにそうですね。すみません……」

祐一は仕方なく謝罪の言葉を口にした。どうも中島課長は苦手だとあらためて思わされた。

そんな祐一の心のうちなど知る由もない中島課長は、なぜかにやりとほくそ笑むとこう続けた。

「実は、同様の姿なき追跡者に襲われるという事件が中央線沿線の駅で十七件起きています。被害者はみな若い女性です。彼女たちは口をそろえてこう言ったといいます。犯人は〝透明人間だ〟と」

「透明人間……⁉」

祐一は衝撃を受けて叫んだ。

「そうです。最初の数件は生活安全部のほうでも狂言だろうと無視していましたが、この一カ月の間にだんだんと被害者の数が増えていき、そして、今回の防犯カメラの映像まで出てきました。生活安全部長は立派なＳＣＩＳ事案だろうと考えて、わたしのところへ持ってきたというわけです」

「なるほど、そういう経緯がありましたか」

祐一はカップから紅茶を啜った。

「それにしても、透明人間とは……。現実の世界に透明人間が現れる時代なんでしょうか？」

中島課長は肩をすくめた。

「さあ、わたしにはわかりません。そんな実験を行っている輩がいるのかどうかさえもサッパリ……」

「た、確かに……」

「それでは、さっそくＳＣＩＳを立ち上げて、捜査を進めていってください。事態は急を要するようですからね。話は以上です」

中島課長はソファから立ち上がると、執務デスクの向こう側へ回り込み、王侯貴族が座るような装飾が施された椅子に座った。

祐一は紅茶を飲み干して席を立った。課長室から出ると、自然と言葉が口を衝いて出た。

「島崎さん以上にやりにくい人物だな」

5

まず最上友紀子博士に携帯電話で連絡を入れてみた。留守番電話が応答して、博士の声で八丈島の自宅にこもっていると話したので、透明人間の案件であることを吹き込んで、通話を切った。

最上友紀子とは、帝都大学理工学部で同級生だったときからの縁である。最上は、同大学を首席で卒業後、ハーバード大学大学院に進学。ポスドク、准教授、教授と奇跡的な速さで出世し、やっぱり故郷の大学に貢献したいと再び帝都大学に舞い戻り、二十八歳という大学開校以来最年少の教授となった天才科学者である。二年間に、各学会における常識、主流派の学説、重鎮らの権威を覆す革新的な研究論文を発表したため、十三もの学会から爪弾きに遭った過去を持つが、それこそ最上が天才であることの証左だろう。

次に警視庁の長谷部勉警部を訪ねることにした。長谷部は普段は捜査一課の刑事として、凶悪犯罪の捜査を行っている。刑事部屋の入り口から覗くと、長谷部は自席でパソコンをいじっていた。捜査報告書でも書いているのだろう。

長谷部勉は今年で四十八歳になる。少なくなった髪を後ろに撫でつけ、ブランドもののスーツに身を包んでいる。ネクタイは臙脂色のお洒落なものだ。長谷部はファッションにはこだわりを持っている。ただ、叩き上げの刑事にありがちな鋭い目と厳つい顔のせいで、たいがいは堅気に見られない。バツイチで婚活中ということであるが、その後、進展はないようだ。

長谷部は祐一を認めると、急ぎ足で寄ってきた。二人は刑事部屋の同じ階にある空き会議室に入った。そこはＳＣＩＳの捜査本部として使われている部屋である。

二人きりになるや、長谷部は居住まいを正し、神妙な顔つきになった。島崎博也課長の葬儀以来会うのは初めてだった。

「島崎さんは本当に残念でした。本当に惜しい人を亡くしたもんです。官僚には嫌なタイプが多いが、あの人は嫌いじゃなかった」

「わたしもです。島崎さんのほう、その後、進展はありますか？」

長谷部は残念そうにかぶりを振った。

「いや、それがないんだ。人通りも少なくない道だったんだが、目撃者が一人も出ていない。島崎さん自身一つもトラブルを抱えていなかった。誰からも恨まれている様子はない。捜査本部は周辺地域の防犯カメラを片っ端から回収して、映像を解析しているところだ。何か見つかるといいんだけどな」

「そうですか……」

ついため息が出てしまった。祐一は頭を切り替えることにした。新しい事案のことを話さなければならない。

「今日は別件で用があって来ました」

「待ってました!」

長谷部は顔を一変して明るくさせた。

「さっそくですが、これを見てください」

祐一は自分のノートパソコンにコピーした由良真弓宅の防犯カメラの映像を見せた。

一度見終わったあと、長谷部は何も感想を述べなかった。その顔にはさっぱり意味がわからないと書いてあった。もう一度再生しなおそうとすると、案の定、「女子大生が滑って転んだのが何か問題でも?」という頓珍漢な言葉が返ってきた。

祐一は映像の説明をしなくてはならなかった。ドアの鍵を開けようとしている由良真弓の髪が不自然に持ち上がり、後ろに引っ張られている場面で停止した。

「ほら、透明人間ですよ!」

「いやいやいや」

長谷部は手を振りながら、椅子の背に疲れたようにもたれた。明らかに先ほどよりもテンションが失われているようだった。

「コヒさん、そんな都市伝説みたいなこと言わないでくれよ」

「いや、これは都市伝説ではありません。都内だけでも十七件も同様の事件が起きているんです。被害者はみな犯人を〝透明人間だ〟と口にしているそうです。つまり、姿かたちの見えない何者かが若い女性たちに悪戯(いたずら)をしているわけです」

「そんなことがありうるのかねぇ」

長谷部は再び映像を見ても、首をかしげていた。

「最上博士には連絡を?」

「先ほど電話をしてみましたが、留守電が応答して、現在八丈島のほうにこもっているんだとか。一応、留守電には〝透明人間の件で話があります〟とは入れておきましたが……。また直接訪ねて行ったほうがいいかもしれませ――」

「おれもお供するよ」

長谷部が食い気味で言葉をねじ込んできた。祐一は冷静な目を長谷部に向けた。

「遊びに行くんじゃありませ――」

「わかってるって! さて、何泊するかわからないが、旅行――、いや、出張の準備をしないとな」

「何泊もしません。日帰りですよ」

「わかってる、わかってるって。コヒさんは堅いなぁ。たまには息抜きも必要だぜ。そうそう、そういえば、新しい上司とは上手く行っているか？」

長谷部はいやらしい視線を祐一に向けた。祐一はその意味がわからず問い返した。

「はい？」

「上手く行っているかって変な意味じゃないぜ。いや、変な意味でもいいんだけどさ。あれだろ、中島課長とは外で一度すれ違ったことあるんだよ。コヒさんより一回りは年上かもしれないけどさ。絶対五十代だろ？　違うの？　若いころはなかなかの美人だったんじゃないかなぁ。いいじゃないか、かわいがってもらえたら。出世も早いかもしれないぞ」

祐一はひやひやしながら長谷部の言葉を聞いていた。

「長谷部さん、いい加減、時代に合わせてアップデートしないといろいろな人から怒られますよ」

「おれ、何か変なこと言ったか？」

「いま言ったほとんどすべてがハラスメントや差別に相当します」

「嘘っ！」

「もういいです。それでは、お互い旅行……、いえ、出張の準備をしましょうか」

「そうだな」

長谷部はうなずくと鼻歌を歌いながら、捜査本部から出ていった。祐一はその後ろ姿を見つめ、密かに笑みを浮かべた。


翌朝、祐一と長谷部は羽田から飛行機に乗り、約一時間のフライトを経て、伊豆諸島の一島、八丈島へやってきた。東京都の南方二八七キロメートルの位置にあり、年間を通して比較的温暖多湿な八丈島は、とても東京都にある島とは思えない。

祐一も長谷部も一応は仕事の名目でやってきたため、上下スーツという出で立ちであったが、四月の中旬のこの時期、オンシーズンにはまだ遠いせいか、少し寒く感じられた。

小さな空港を出ると、長谷部は盛大なくしゃみをした。

「常夏(とこなつ)の島をイメージしていたんだが、ちょっと寒いし、何もないし、いささかさびれた感じだな」

祐一は西にある八丈富士と東にある三原(みはら)山を交互に見つめ、八丈富士を前方に見ながら、空港前のタクシー乗り場に近づいていった。一台の白いタクシーが止まっており、祐一と長谷部は後部座席に並んで乗り込んだ。

運転手は六十絡みの男で、祐一は見覚えがあった。

「前にも乗せていただいたことがありますね」

運転手は上体をひねって振り返った。

「ええ、わたしも覚えていますよ。ひょっとして、今回も八丈富士麓にある最上博士のご自宅ですか？」

「ええ、お願いします」

運転手がとたんに顔を曇らせた。祐一は気になって尋ねた。

「どうかされましたか？」

運転手は言いづらそうにしてから答えた。

「いや、それがその……。最上博士宅はね、出るんですよ」

「出る、とは？」

「幽霊です」

祐一は長谷部と顔を見合わせた。長谷部も胡散臭そうな顔をしている。

運転手は真顔のまま続けた。

「つい先日も日本人形のような髪型の女の子を空港から乗せたんです」

「それは最上博士ですね」

「八丈富士の麓まで行ってほしいということで。確かに乗せたんですが、八丈富士の自宅前に到着してふと後ろを振り返ってみると、いないんですよ、その女の子が」

「途中で停車などは？」

「いや、していません。消えてしまったんです。確認のために後部座席を見てみると、ぴったりの料金が置かれていました」

「律義な幽霊だな。ていうか、最上博士ってまだ生きてるよな？」

長谷部の言うとおりで、死んでもいない人間の幽霊など出るわけがない。それとも生霊だとでもいうのだろうか。まさか。

「ま、とりあえず八丈富士の麓に向かいますね」

「そ、そうしてください」

運転手の言葉を信じたわけではないが、祐一は何だか妙な気分になってきた。携帯電話を鳴らしても、最上博士が応答しないことも一因となっている。

タクシーは静かに走り出した。背の高いヤシの木の並木道をひた走り、さびれた商店街や住宅街を越えると、田園地帯や森林が広がるようになった。祐一にはすでに馴染みの風景だった。長谷部は幽霊の話などすっかり忘れたようで、運転手に地元にあるおススメの飲食店などを聞いて盛り上がっていた。完全に旅行気分のようだった。

九十九(つづら)折りになった小道を抜けると、石垣が崩れかけた一軒の民家が見えてきた。木造平屋建ての築三、四十年は経っていそうな家だ。最上博士の自宅である。一見古ぼけているが、中身は外見とは全然違うことを祐一は知っている。地下には広大な空間があり、爬虫両生類(はちゅうりょうせいるい)好きの最上博士は、そこに熱帯雨林を再現しているのだ。

タクシーが停車すると、運転手が振り返った。心配そうな顔をしている。

「どうぞお気をつけて」

祐一は料金を払うと、長谷部とともに車から降りた。タクシーが走り去り、静けさとともに二人は取り残された。一陣の風が吹き抜け、砂埃が眼前を舞った。

「着きましたね」

「着いたな」

二人はそれぞれつぶやくように言うと、祐一は古めかしい外見には似つかわしくない最新式のインターフォンを押した。チャイムの音が鳴ったが、最上博士の応答はなかった。

祐一は二度インターフォンを押した。数分待ったが、やはり最上博士の応答はない。

長谷部は振り返ると、首を四方八方にめぐらせた。

「何をしているんですか？」

「ほら、前に来たとき、最上博士はＵＦＯに乗っておれたちを見下ろしてたことがあったじゃないか」

祐一は思い出した。前回の訪問のときもなかなか応答がないと思ったら、最上博士はホバリング式の円盤型飛行機に乗って、こちらの様子をうかがっていたのだ。最上博士には悪戯心があるのだ。

今回円盤は浮かんではいなかった。二人以外に誰もいない。祐一は携帯電話を取り出し、最上博士の番号に連絡をしてみたが、留守番電話サービスが応答した。

どうしたものかと迷っているところに、いきなり玄関扉が外側に向けて開かれた。

二人は驚いて後ずさった。最上博士の姿はない。扉が勝手に開いたかのようだった。

この家はこう見えて内部からの操作で扉が動くようになっているのかもしれない。

「最上博士、失礼します。勝手に上がりますよ」

祐一は家の奥へ向かってそう言いながら、玄関から中に入った。外観とは裏腹に目の前には西洋風のリビングが広がっていた。高級そうなペルシャ絨毯が敷き詰められ、高級そうなオーク材で出来た家具や調度品がそろっていた。二人とも靴を履いたままリビングに足を踏み入れた。

ふと、祐一は足を止めた。長谷部のほうを向いたが、怪訝な表情を浮かべているだけだった。

「どうかしたか？」

長谷部には何も聞こえなかったのだろうか。祐一には少女のような笑い声が聞こえたような気がしたのだが。もちろん、少女の姿かたちが見えないから、きっと空耳だったのだろう。

祐一は再び奥に向かって叫んだ。

「最上博士？」

返事はない。

「博士は留守かな？　スーパーに出かけてるのかもしれないぞ。おれたちをもてなすための食材の買い出しとか」

「最上博士は料理はしないんじゃないでしょうかね」

「ああ、確かにしないっぽいな」

すっと風が頰の横を通り抜けていったような気がした。その風圧をもたらした塊は、部屋の奥へと消えていった。

「何かがおかしいですね」

祐一と長谷部は応接ソファに腰を下ろした。すると、キッチンのほうから食器が触れ合う音がした。

長谷部がほっと息を吐いた。

「何だ、博士いるんじゃないか。どうして返事をしないんだ――」

次の瞬間、祐一と長谷部は同時に息を吞んだ。キッチンの入り口から宙に浮いたお盆が現れたのだ。お盆には湯気の立った二つのカップが載せられ、二人のほうへまっすぐ近づいてくる。

祐一と長谷部は口が利けず、身動きもできずに、目の前の不思議な光景にじっと見入っていた。お盆がテーブルの上で停止して、カップが一つずつテーブルに載せられた。

　また少女のような笑い声が聞こえた。くすくすという小さなものから、やがて噴き出すような爆笑へと変わっていった。

「もう、二人の驚きようったら！」

　少女のような幼い声が言った。最上博士のものだ。

「最上博士？　どこにいるんです？」

　祐一が驚いて叫ぶと、目の前の空間からぬっと最上の顔が唐突に現れた。眉の上でぱつんと切り揃えられたおかっぱ頭に、彫りの浅いながら整った純和風な目鼻立ち。まさに日本人形のような顔立ちである。そして、肩から腕、上半身、胴体、下半身、足と順番に目に見えるようになっていった。ピンク色の古着風のTシャツに、白のホットパンツという出で立ちである。身長は一五〇センチほどだから、中学生のような風貌だ。

「うわあああああっ！」

　長谷部が驚きの叫び声を上げた。

「ごめんごめん、驚かせちゃったね」

　最上は悪びれず、けらけらとまだ笑っていた。

「いったい、どういうトリックなんですか⁉」

最上は右手に不思議な色合いをした大きな布のようなものを持っていた。

「ほら、祐一君ってば、先日留守番電話に〝透明人間〟っていうキーワードを残していったでしょう。だから、帝都大学で研究している友人に最先端の透明マントを貸してもらったのよ。さすがのわたしも即席で透明マントをつくることはできないから」

祐一は驚いて聞き返した。

「視覚的に物質を透明化する光学迷彩のマントということですね。そんなものがすでに完成しているんですか！　その技術について詳しく教えてください」

「もちろん説明する気でいるわよ」

最上はマントを胸の前で広げて見せた。すると、胸から下が透明になり、首から上だけが宙に浮かんだような形になった。長谷部がまたも驚きの声を上げ、最上をいい気分にさせていた。

若干、背後に何かの存在を感じさせる薄い影のようなものが見えはした。現段階の透明マントでは完璧には透明になることはできないのだろう。

「このマントはね、光を迂回させるメタマテリアルという物質で出来ているの。ものが見えるためには、対象となるものの光が目に届く必要があるのね。このメタマテリアルで包まれた物体は後ろから迂回されてくる光に取り囲まれることになるために、後ろからの光だけが見えて包まれた物体が見えないっていうことになるわけ」

「はあ」

わかるようなわからないような説明である。最上がじれったそうに再び口を開いた。

「たとえば、光の代わりに水で考えてみるとわかりやすいよ。川の中に石があるとするよね。そうすると、川の水は石を迂回して流れるでしょう？　それと同じで、メタマテリアルに包まれた物質の周囲を光が迂回するわけよ。だから、透明マントの後ろの光が見る人の目に届くっていうわけ」

「はあ……」

長谷部はまだ理解できていない様子だ。

祐一は何となくだが理解できた。

「そもそも、そのメタマテリアルという物質はどういう物質なのでしょうか？」

「通常の物質っていうのは、分子同士のつながり、つまり、ミクロレベルの化学構造が物質の性質を決めているのね。でもね、メタマテリアルというのは人間のナノテクノロジーによって作り出されたナノレベルの構造が物質の性質を決めるのよ」

ナノは一〇〇万分の一ミリである。ナノテクノロジーとはナノレベルの物質を研究開発するための技術のことだ。

「普通、水面に光が入ると光は入射側とは反対側に屈折するんだけど、メタマテリアルの場合は、入射側と同じ側に屈折させることができるの。これを負の屈折っていうんだけれど、たとえば、池の中に泳いでいる鯉を覗き込むと、光の屈折により鯉は実際の深さよりも浅いところにいるように見えるんだけれど、負の屈折のメタマテリアルの中を泳いでいる鯉を見ると、池の上を飛び出て、空中を泳いでいるように見えるってわけ」

長谷部がうなる。

「それは確かにすごい技術だが、人を驚かすこと以外にどういった使い道があるんだ？　女湯を隠れて覗くっていうこと以外に？」

「もう、ハッセーったら発想が貧弱だなぁ。たとえば、景観を損なわないようにビルに光学迷彩を施すとか、自動車の内部の死角になる部分に使うとか、それこそ、重要な秘匿するべきものを他人の目から隠すこともできるよね」

祐一は咳払いをした。

「最上博士も人を驚かすことに利用されているのではありませんか？　わたしたち以外

にも、たとえば、タクシーの運転手だとか……」

「ちょっと何言っているのか、さっぱりね……」

最上はそっぽを向いてとぼけていた。

祐一は今回の事案の話に戻すことにした。

「そのような透明マントの研究がすでに実用化の段階にまで進んでいるとは思いませんでした。では、最上博士、犯人はそのような透明マントを使って犯行に及んだというわけですね？　一般に出回っているものではないでしょうから、犯人は光学迷彩の研究に携わっている人物ということになるのではないでしょうか？」

最上はこくりとうなずいた。

「うん、その可能性は高いよね。必要なら主要な研究機関のリスト送るけど？」

「お願いします」

「犯人は透明人間か……」

そうぼやいた長谷部のほうを見ると、困惑した表情を浮かべていた。頭をぼりぼりと掻いている。

「人員が足りませんか？」

「それもそうなんだが、そんな透明人間をどうやって捕まえることができるのかなと思ってさ。昔、『インビジブル』っていう映画を観たんだ。主人公の研究者は透明人間の薬を発明して、自分が実験台になるんだが、元の姿に戻れなくなるんだよ。もうずっと透明人間なままで、誰もそいつを見つけられないもんだから、主人公はやりたい放題し始めるんだ。つまりだな、犯人が四六時中透明マントをまとっていたら、おれたちはそいつを見つけられないし、したがって捕まえられないんじゃないかってことだ」

確かに長谷部の言うとおりだが、祐一はふと思いついて最上に尋ねた。

「サーモグラフィーなら可視化することは可能ではないですか？」

サーモグラフィーとは物体から放射される赤外線を分析し、温度分布を画像として表示する装置である。

最上は透明マントを掲げて見せた。

「これはサーモグラフィーで感知できるけど、感知できないものもあるよ。カナダのある軍事製品開発会社は、目に見える可視光だけでなく、赤外線も遮断できる透明パネルを開発したのね。だから、理論的にはサーモグラフィーでも感知できない透明マントはつくれるんだと思う」

「それじゃ、そういった透明マントをまとっていたら、犯人を逮捕することはおろか視認することもできませんね」

「そうだね。残念ながらね」

最上は外国人がやるように肩をすくめて見せた。

祐一はうっかり忘れていた。最上が飛行機には絶対に乗らない女だということを。

「祐一君、前にも何度か言ったけれども、飛行機が飛ぶ原理ってまだ科学的に完全に解明されたわけじゃないから、わたしは飛行機には乗らないでフェリーで行くね」

高校時代、最上は物理学の教師から、物理学者は飛行機には乗らない、という話を聞いたそうだ。なぜなら飛行機は物理学的には飛ばないからだという。飛行機が飛ぶ原理はベルヌーイの定理やクッタ・ジューコフスキーの定理でも完全には説明できないと言われているのだとか。もちろん、現代の飛行機は精密な計算によりシミュレーションが行われ、安定して空を飛ぶように設計されているのだが、根本的な謎、なぜ空を飛べるのか、について科学的な証明がはっきりされたわけではない以上、最上は飛行機で飛ぶことはできないと拒んでいるのだ。とんでもない頑固者である。今日も普通に何百何千という数の飛行機が地球の空を飛んでいると思うのだが。

透明人間による犯行はこの一カ月の間に十七件も起きているという。犯行がエスカレートしているのだろう。犯人の理性が働かなくなっている証拠である。一刻も早い犯人逮捕が要求されているのだ。

祐一は湧き起こる憤りを抑え込まなければならなかった。長谷部は怒りを通り越して、呆れているようだった。

玄関ドアを閉じようとする最上に、祐一は確認のため声をかけた。

「フェリーの次の便は確か明日の朝九時四十分でしたね」

「そう。航行時間は約十時間なんで、明日の夜七時四十分ごろに竹芝(たけしば)桟橋に着くかな。でも、その日はもう遅いから、赤坂にあるサンジェルマン・ホテルに宿泊して寝ちゃうから、祐一君たちと会うのはその次の日の朝になるね」

「わ、わかりました。なるべく早く、捜査本部で合流を——」

「うん、わかったから。それとね、祐一君。わたしのことを料理はしない女みたいな言い方してたけど、そういう決めつけはやめてね。すっごく不愉快だから」

「失礼しました。聞かれているとはつゆ知らず。では、最上博士は料理もお上手なんですね」

「ううん、やらないだけ。できないんじゃない。時間は有限だからね。料理以外のことに費やしたいから、料理はしないと決めただけ。じゃ」

「じゃあ、やっぱり料理はされないんじゃないですか――」

祐一がみなまで言う前に、玄関の扉は閉められてしまった。

6

二日後の午前十時、祐一と長谷部は会話を交わしながら、警察庁の長い廊下を歩いていた。その少し後ろから最上が遅れないようにすたすたとついてくる。

「女の上司なんて初めてだもんなぁ。緊張するなぁ」

長谷部はこの日初めて中島加奈子課長と顔を合わせることになっていた。

「失礼のないようにお願いしますよ」

「男社会の警察庁で女で課長ってすごいよな! しかも、旦那さんも中央省庁の高級官僚だっていうじゃないか。そういうの、何て言うんだっけ、バカップル? じゃなくって――」

「パワーカップルのことでしょうか。間違っても馬鹿じゃないでしょう」

「そうそう。パワーカップルだ。どっちにしろ、おれの仮想敵国みたいな連中だなって思ってさ。つくづく島崎課長が懐かしいよ」

「まあ、それにはわたしも同感です」

そんな軽口を叩き合っていると、課長室の前までやってきた。

祐一が重厚なドアを強めにノックすると、中から「入りなさい」という声が返ってきた。

中島加奈子課長はいつものネイビーブルーのスーツ姿であった。

長谷部はというと、ヨーロピアンスタイルの部屋の様子に腰を抜かさんばかりに驚いていた。最上もまた感嘆した様子で、きょろきょろと部屋の中をうかがっていた。

「テーブルと椅子の足が猫脚だね？」

最上が指摘すると、中島課長はにやりと微笑んだ。

「カブリオールレッグのことですね。さあ、お座りなさい」

言われたとおり、祐一と長谷部と最上は応接ソファに並んで腰を下ろした。

中島課長は自らティーポットを取り上げて、カップに三人分の紅茶を淹れた。

長谷部は板についた中島課長の紅茶の淹れ方を感心したように見つめていた。

「おれ、紅茶何年ぶりに飲むんだろう……」

最上は早くも紅茶を半分飲み干していた。

「苦い。わたしは紅茶は好きだけど、砂糖をいっぱい入れて飲むからなぁ」

中島が鋭い目で最上を射た。まるで獲物を見つけたような目だった。

「この部屋に砂糖などという身体に害をなすものはありません」

「ふーん、砂糖は身体に悪いことをするばっかりじゃないんだけどなぁ。脳のエネルギー源にもなるんだし」

中島課長は最上を無視することに決めたようで、カップをテーブルに戻すとすぐに話し始めた。

「それで、今回連続で起きている若い女性を襲った透明人間の科学的原理はわかったんですか？」

祐一が答えた。

「はい。百聞は一見に如かずと言いますので、まず、最上博士に本物を見せてもらいましょう」

最上は持ってきた透明マントをバッグから取り出すと、頭からすっぽりと被った。とたんに最上の身体はその場から消えてしまった。何度も目の当たりにしてきた光景だが、祐一と長谷部も驚いてしまった。

中島課長の驚きようといったらなかった。中島課長はカップを取り落とし、テーブルを紅茶まみれにした。

「ど、どういうことなんですか、これは!?」

「そういうことなんです。これが透明マントの実力です。いまの科学技術なら透明人間になることも可能というわけです」

最上はマントを脱いでみせると、自慢げに鼻の穴を膨らませた。祐一が透明マントの科学技術について説明しようとするのを邪魔して、最上が話し始めた。

「この透明マントはメタマテリアルという物質で出来ているんだけれど、隠したい物体の背後から来る光をその物体で遮られないように迂回させることができるの。そうすると、わたしたちの目には物体の背後の光景が見えるようになって、物体が透明になったように見えるってわけ」

「な、なるほど……」

　中島課長は険しい顔になって続けた。

「しかし、そんな犯罪にしか使われないような科学技術は、いますぐに何らかの規制をかけるべきではないですか？」

　聞き捨てならない発言だった。中央官庁には確かに国を動かす力があるが、たとえ商業的な成功につながりそうにない科学技術だとしても、国はあらゆる科学技術を支援していかなくてはならないはずだ。

「科学に善悪はありません。それを使う人間に善悪があるのです」

　最上も加勢してくれた。

「そうだよ。人類の飽くことなき好奇心はこれからも発明発見をしていくだろうけど、それには責任もついてまわるんだ。その責任を果たせなかった場合、大なり小なり悪いことが起こるだろうけどもね」

「そうです。そして、そのためのＳＣＩＳなんです」

　中島課長は小さく鼻を鳴らした。

「それでは、ＳＣＩＳにはきちんとその任務を果たしてもらいましょうか。小比類巻さん、ＳＣＩＳの存在意義は高いです。今後、事案の重要性などを考慮して、捜査一課から捜査員を五人から十人ほど投入するようなことも考えています。さっそく捜査を始めてください。

ああ、それと、ＳＣＩＳは新しいステージに突入しました。ＳＣＩＳ　ＳＳ（スペシャルステージ）といったところでしょうか。それでは、頑張ってください。話は以上です」

「ＳＣＩＳ　ＳＳだってさ。その存在意義は高いってさ」

最上が誇らしげに祐一と長谷部に向かって言った。祐一としても悪い気分はしなかった。長谷部も同様のようで胸を張って課長室をあとにした。

7

黒木篤郎（くろきとくろう）は風呂場から出ると姿見の前に立った。下着姿の男が見つめ返している。何の変哲もない三十七歳の男だ。街に出て人混みに紛れれば、知り合いでも探し出すのが困難になるほど平凡な容姿をしている。

テーブルの上に置かれた半透明のボディスーツを手にした。肌に密着するタイプのボディスーツで、爪先から頭のてっぺんまですっぽりと包み込んでしまう。ボディスーツに右の爪先を通した。とたんに、爪先が消えてなくなった。それから、右足、左足、下半身、胴体とボディスーツを身につけていくと、順番にそれらの部位が透明になっていく。鏡を見ると、上半身が宙に浮いているように見える。何度見ても見慣れない奇妙な光景である。

それから、上半身、首、頭を包み込み、ついにボディスーツを装着し終えた。前方が見えるように両目の部分だけ小さな穴が開けてある。

これで透明人間の出来上がりだ。姿見にはもはや誰も映っていなかった。

肉体は見えなくとも、現実に存在している。不思議な気分だ。むしろ姿が消えたことで、自分という存在が強固になったようにさえ感じられた。

心が高揚する。誰からも姿を見られないということが、なぜこれほどまでに気持ちを高ぶらせるのか。これから罪を犯すことへの期待なのか。その罪も誰からも咎められることはない。目撃者は出ない。完全なる犯罪がなされるのだ。

黒木篤郎は大学の基礎工学科の准教授で、クローキングデバイスを研究している。クローキングとは、「消えてしまう」という意味合いの言葉で、いわゆる透明化装置の開発である。同様の透明化装置の研究は世界中で行われており、驚くべき成功がなされ、実用化に向けて進んでいるが、黒木が開発した透明ボディスーツはその数歩先を進み、完璧な透明化を実現した。

黒木はリーダーである教授にまだ透明ボディスーツの成功について報告していなかった。みんなに知らせる前に、実際に自分で使ってみたかったのだが、本当のところはちょっと悪戯をしてみたかったのだ。

初めて透明人間になった日、姿見で自分の体が消えたことを確認すると、黒木はすぐに外へ出かけた。黒木の住む三鷹の住宅街から駅まで何人かの通行人とすれ違ったが、誰一人黒木の存在に気付く者はいなかった。駅前には小さな商店街があり、人通りも少なくなかったが、誰も黒木に気づかない。

悪戯心に火が付いた。向こうからやってくる女子高生が目に入った。色白でまだあどけない顔をした少女である。黒木は自分の心臓が音を立てるのを感じた。透明な存在になっても悪戯を犯すのには勇気が必要だった。女子高生の背後に張り付き、勇を鼓して肩をちょこんと触ってみた。触り方が弱かったのか、女子高生は振り返らない。決意を込めて、もう一度強めに押してみた。今度こそ女子高生は振り返り、黒木のほうを向いたが、驚いた顔をしてあたりを見渡した。彼女には黒木が見えていないのだ。

黒木は笑い声を上げげたい気分だったが、気を付けて口をつぐんだ。透明人間の存在を知られてはいけない。そのときにはまだ罪悪感と倫理観があったのだ。

想像力の欠如か本能に忠実なのか、透明人間になった黒木の興味の対象はもっぱら若い女性にのみ向けられた。実のところ、黒木には女性との交際経験がいままでに一度もなかったのだ。けっして研究一筋に生きてきたというわけではない。いままでに女性に縁がなかったというだけだ。黒木のほうは女性を欲したが、女性のほうは黒木を求めなかったということか。何度かデートをしたことはあったが、その次のデートにつながらなかった。女性の感想を聞いたことはなかったが、自分で考察するに面白みのない男だと思われたのだろう、そんな気がした。

こちらが求めているにもかかわらず相手にされないと、だんだん女性に対して憎悪が芽生えてくるものである。黒木の悪戯の対象が若い女性にのみ向けられたのには、そういった事情もあるのだろう。そんなふうに自己分析していた。

性欲のある男性ならば誰でも思いつくだろうが、別の日には女湯に侵入したりなどした。女湯には自分の好みの女性ばかりが来るとは限らないため、やがて黒木は街を徘徊し、自分好みの女性のあとを尾けることにした。女性を自宅まで尾け、女性と一緒に部屋の中に入り、女性のそばで息を殺してじっとしていた。夜が更けて、女性が風呂に入るために、服を脱ぐまで待つのである。馬鹿なことをしているという自覚はあったが、罪悪感は早くも消え去っていた。自分の姿が消えてなくなると、罪悪感も消えてなくなるようだった。

盗み見を繰り返していると、対象を触りたいという欲求が頭をもたげてきた。女性が就寝するのを待って、寝入ったことを見届けてから、女性の身体を触ったりなどした。それでも強い力で触ったりはできない。女性が起きてしまってはいけない。そう最初のころは恐れたからだ。

注意深くあったのは、最初のうちだけだった。黒木はだんだんと大胆になっていった。姿を隠しているにもかかわらず、自分の存在を誇示したいという矛盾した欲求に突き動かされるようになったのだ。

夜道、好みの女性を見かけては、胸や臀部を触るなどした。当然、女性は恐れおののき、悲鳴を上げるなどしたが、黒木の姿を見ることはできない。犯人がいないのだから、泣き寝入りする以外に方法はない。被害者の中には警察に通報したものもいたが、警察としても、加害者を目撃していないのだから、女性の話を信用しているようではなかった。

透明人間はあらゆる罪を逃れることができる。たとえ人を殺しても誰も黒木を犯人だと突き止めることはできまい。黒木はだんだんと増長していった。やがて神のような万能感を覚え始めた。

先日はつい暴力を振るってしまった。個人的な動機からだ。後輩の世話好きな知人女性が女友達を紹介してくれたので会ってきたのだ。恐れていたとおり、黒木は気の利いた話を少しもすることができなかった。気まずい沈黙が長く続き、相手のほうから遅くなるといけないので失礼しますと切り出された。黒木は自分に失望した。透明人間になって万能感を覚えていたが、生身の自分はつまらない男でしかない。そう痛感させられたのだ。

黒木は相手にも腹を立てた。自分がどれほどの発明をしたのかこれっぽっちもわかっていない。誰も知るはずはないのだが、つまらない男と見なした女を許せないと思った。

この女に復讐してやりたい――。鞄の中にはお守りのように透明ボディスーツが入っていた。黒木は女のあとを尾けた。女が電車を降りて、途中コンビニに寄った隙に、近くの公園の個室トイレに入り、ボディスーツに着替えた。服は公園のごみ箱の中に捨てた。コンビニから出てきた女を追い、人気のない夜道を尾行した。

女は勘がよく何度か後ろを振り返った。誰かに尾けられていることを確信しているようだった。ひょっとしたらそれが黒木だとわかっているようにも感じられた。つくづく腹立たしい女だと思った。女が走り出し、黒木はあとを追った。女の自宅の前までやってきて、女が玄関ドアを開けようとしたとき、つい手が出てしまった。女の髪をつかんで、後ろに引きずり倒してしまったのだ。

いくら透明人間だとしても、やりすぎのように思った。透明人間の存在を知られてしまうことは得策ではない。日本に何人ほど透明化装置の研究者がいるかは数えたことはないが、自分を含め末端まで入れても百人程度だろう。透明人間である以上、目撃者が出る心配はないが、警察が透明化装置の存在にいつまでも気づかないでいるとは考えないほうがいい。

これからはもっと慎重にやるべきだと、黒木は自分自身を戒めた。

8

警視庁にあるＳＣＩＳ捜査本部には、小比類巻祐一、長谷部勉のほか、長谷部の部下である玉置孝巡査部長、江本優奈巡査、山中森生巡査の三人、そして、最上友紀子が集まっていた。六人は大きなテーブルを囲んで座り、森生が買い出しに行ってきたおにぎりやサンドイッチで腹ごしらえをしたところだった。

祐一はあらためて長谷部の三人の部下を見つめた。江本優奈は前任の奥田玲音巡査から引き継いだばかりであるが、玉置孝と山中森生はＳＣＩＳが立ち上がってからこれまで、ともに犯罪捜査に励んできた仲間である。なかなかに優秀であることは間違いないのだが……。

玉置孝は初めて会ったときと何も変わっていなかった。三十六歳、長身のイケメン。茶髪はワックスで無造作ヘアを演出しているが、くたびれたグレイのスーツを着ており、全体的にどこかだらしない雰囲気がある。妻帯者であり、息子と娘が一人ずついる。自身が言うには愛妻家である。祐一が唯一癇(かん)に障るのは、いつもガムを噛んでいることだ。

いまもブルーベリーガムの芳香がかすかに漂っている。

山中森生はどう見ても四十代に見えるが、まだ二十七歳だ。ぽっちゃりとした子熊のような体形をして、いつも体よりも大きめのだぼついたスーツを着ている。黒々とした髪は寝癖なのか逆立ち、大きな黒縁の眼鏡をかけている。季節に関係なく常に汗を掻いている。

江本優奈は二十九歳、中肉中背。まだあどけなさの残る丸顔の童顔をしている。髪はポニーテールに結ばれ、グレーのリクルートスーツを着て、下はいつもスカートである。剣道三段でネットにも通じた文武両道の才女である。独身であり、職務上まったく関係のない話だが、彼氏はいないらしい。

長谷部がお茶で食べ物を呑み込むと、玉置に顔を向けて言った。

「そろそろ捜査会議を始めるとするか。タマやん、これまでにわかったことを報告してくれ」

玉置は椅子から立ち上がると、ホワイトボードのほうへ歩み寄った。ホワイトボードには被害者たちの名前が書かれ、大きく東京都を拡大した地図が貼られていた。

「えっと、現時点までに判明している被害者は十七人です。いずれも十代後半から二十代半ばまでの女性で、被害者十七人に若い女性という以外にこれといった共通点は見られないんですが、これをちょっと見てください」

玉置が指し示したのは東京都の地図だ。十七人の女性が被害に遭った場所には赤い画鋲が留められている。

「見ておわかりのように、事件発生の場所はJR中央線の沿線の駅で、それも三鷹から新宿の間に限られています」

横から優奈が補足するように手帳を読み上げた。

「新宿で三回、中野で二回、荻窪で一回、吉祥寺で四回、三鷹で七回です」

「三鷹だけ七回と突出していますね」

祐一が発言すると、森生が口を開いた。

「そうなんです。だから、透明人間は三鷹を本拠地にしているんじゃないかと思うんです。たぶん三鷹に住居があるんじゃないかと」

「なるほど、そう考える根拠にはなりえますね」

玉置が報告を続けた。

「現在、三鷹に的を絞って、被害者の関係者から事情を聞いているところですが、いまのところ怪しい人物には行きついていません」

長谷部が腕組みをしてうなった。

「うーん、透明人間が三鷹在住かもしれないことはわかったが、場当たり的な通り魔だとしたら、なかなか素性をつかむのは難しいぞ」

「そうでもないよ」

最上が場違いなほど明るい声で言った。

「だって、透明人間は透明化装置の研究者だと思うからね。三鷹在住の透明化装置の研究者はそう何人もいないんじゃないかな」

最上はA４の紙を提示した。

「はい。これ、国内で透明化装置を研究している主要な大学や企業のリストね。このリスト以外にも研究している機関はあると思うし、政府が秘密裏に研究しているかもしれないけど」

祐一は用紙を受け取ると言った。

「この中に犯人（ホシ）がいることを祈りましょう」

悪戯をした女たちの何人かが警察に通報したことは知っている。就寝中に胸を触った女の中には、その場で携帯電話をつかんで警察に通報した者もいた。姿は見えないことは知っていても、警察がやってくるのは怖かったので、黒木はすぐにその場から逃れた。

警察もいまごろ困惑していることだろう。被害者はいるが、加害者は影も形も見えないのだから。加害者は透明人間だという噂が立っているかもしれない。警察が透明化装置の存在に行きつくにはどのくらいの時間がかかるだろうか、と黒木は思った。透明化装置の研究はかなり進んでいるが、黒木が開発した透明ボディスーツほどの透明度となるとそうはないはずだ。黒木がこの発明を隠している限り、警察とて黒木に容易にたどり着くことはできまい。

いや、たとえ警察が黒木に目をつけたとしても、どうして黒木を逮捕できるというのか。

姿かたちが見えないのだ。被害者は何も目撃していない。目撃者も存在しない。防犯

9

カメラにも映像が残らない。物的な証拠が何もない。慎重な黒木は現場に体液や指紋といった生物学的な痕跡を一つも残さなかった。これは完全犯罪である。

ここのところ、夜、透明人間になってふらふらと外出する習慣が続いている。大学で研究を終えるやまっすぐに帰宅して、透明ボディスーツに着替えて外へ繰り出すのだ。気に入った女性がいたら自宅まで尾行して、風呂に入る時間まで待ち、裸体をたっぷり堪能して、就寝すれば、胸や臀部を撫で回す。そんなことの繰り返しである。

黒木は下着姿になると姿見の前に立ち、透明ボディスーツに身体を通した。足が消え、胴体が消え、胸、頭が消えて、そして、いなくなった。この瞬間が一番心躍るのだった。

さて、今日はどんな女と出会えるだろうか。そして、どんな悪戯をしてやろうか。そんなことを考えていると、ふと頭によみがえる映像があった。それもこの数日何度も頭をよぎる映像である。

夜道に女の後ろ姿が浮かび上がる。女はおびえている。何度も後ろを振り返る。やがて、脱兎のごとく走り出した。息を切って自宅前にたどり着くと、バッグの中から鍵を取り出そうと必死の形相になっている。

近づく。

女の美しい顔が恐怖に歪んだ。気配を感じるのか、黒木のほうを向いた。

菅原尚美だ。

大学の知人女性の紹介で会った女子大生である。あの女はなぜか癪に障った。会った瞬間から黒木をよく思っていないようだったからだ。いや、会った瞬間に黒木を恐れているようだった。

なぜか菅原尚美のことを思い出すと高ぶる自分がいた。最初はなぜ興奮しているのかわからなかったが、それが性的なものだとわかると、もう一度菅原尚美に会いたくて仕方がなくなった。菅原尚美は少なくとも、その場では警察に通報しなかった。

黒木はいまから菅原尚美の自宅へ行こうかと考えた。確か板橋区の常盤台だったはずだ。いままで黒木は自宅のある三鷹駅周辺を本拠地に、同じＪＲ中央線の沿線の駅で降りて、犯行に及んできた。

少し距離的に遠いが、もう一度狙うには相応しい相手のように思えた。

黒木は通常の服装に着替えて家を出た。三鷹駅から中央線に乗って新宿へ、そこから山手線で池袋まで行った。池袋で降りると、東武東上線に乗り、ときわ台で下車した。ときわ台駅から菅原尚美の自宅まではうろ覚えである。確か、途中で女が寄ったコンビニがあったはずだ。その近くには都合のよい公園があった。黒木はすぐにそのコンビニと公園を見つけた。公園のトイレに忍び込み、あの夜と同じように透明ボディスーツに着替え、洋服をゴミ箱に捨てた。

黒木は女を追跡した暗い道を進んだ。やがて、見覚えのある一軒家が目の前に見えてきた。標札を見ると、「菅原」とある。ここで間違いない。菅原尚美の自宅だ。両親がいるかもしれないが、姿の見えない自分には関係のないことだ。

庭に面したリビングらしき大きな窓の並んだ部屋は明るかった。一階に人がいるのかもしれない。二階を見上げると、一室だけ明かりが点いていた。尚美の部屋だろうか。興奮に鼓動が早く打った。黒木は門柱脇のインターフォンを鳴らしてみた。駆け出して逃げる必要はない。門の前に堂々と立っていればいいのだ。

最初に出てきたのは、父親らしき五十絡みの男だった。眼鏡をかけて、髪は短い胡麻塩頭、何とも頑固そうな風貌の男だ。父親は門の前に誰もいないことを不思議に思い、サンダルをはいた足で門扉までやってくると、首を通り側に差し入れて左右を見渡した。誰もいないとわかったようだったが、しばらくはその場にいて、何度も左右を見ていた。

黒木はおかしくなってきた。父親があきらめて踵を返し、玄関に入りかけたとき、黒木はもう一度インターフォンを鳴らした。

父親は素早く振り返り、門扉を開け放ち、通りの真ん中で左右を何度も振り向いた。

黒木はその隙を縫って、門扉から中に入り、開け放たれたままの玄関ドアから家の中に入った。

「どうしたの、お父さん？」

家の奥から尚美の母親と思しき中年女の声がかかったが、黒木はもちろん無視をして、二階に続く階段を静かに音を立てずに上がった。二階にたどり着くと、一つのドアが半分開いていて、菅原尚美が顔だけを出して外の様子をうかがっていた。

「お父さん、誰？」

尚美が声を張り上げて尋ねたが、父親からの返答はなかった。

やがて、父親が玄関ドアを閉める音がした。

「何でもない。インターフォンが故障したらしい。明日業者に連絡しないといけない」

黒木は笑い出しそうになったが、我慢した。

「えー、そうなの？」

尚美が部屋から出てきて、黒木の脇をすり抜けて、階下へ向かった。黒木は入れ違いに、尚美の部屋に入ることに成功した。八畳くらいの広さがあるだろうか。アロマオイルのようないい匂いがした。物はすっきりと片付いており、本棚には小説や大学の専門書の本が並び、姿見の前には化粧品がきれいに置かれている。ピンク色のカーテンが女性らしさを感じさせた。

すぐに尚美が戻ってきた。尚美は黒木の前でほっと息を吐くと、デスクの前の椅子に腰を下ろした。ペットボトルからお茶を一口飲んだ。そして、一秒と経たないうちに、さっと立ち上がり、あたりに首をめぐらせ、鼻をくんくんとさせた。何か臭うのだ。

「何だろう、この臭い……」

鼻のいい女だ。たぶん黒木のわずかな体臭が部屋の臭いを変化させたことに気付いたのだろう。結局臭いの元は見つけられず、尚美はあきらめて携帯電話をいじり始めた。後ろから覗くと、ユーチューブで動画を観ていた。

黒木は息をひそめながら、部屋の端に移動して、じっと待っていた。三十分ほどでその時はやってきた。尚美がタンスの引き出しから下着と部屋着を取り出し、風呂場へ向かった。黒木もあとを追い、二階にある脱衣所で尚美が裸になるのを戸の陰からじっと見ていた。

生意気な女だが、姿態は白くなまめかしかった。

この女を犯したいという強烈な欲求が湧いてきた。それは抗わなくてはいけないものだった。たとえ避妊具があったとしても、レイプしてしまうのはまずい。透明人間の存在が完全にバレてしまうだろう。

黒木は息を吐いて、性欲をコントロールしようとした。そのとき、尚美がさっと振り返ったが、尚美の目は何も捉えられなかった。

尚美が風呂でシャワーを浴びている間、黒木は脱衣所の前でじっと待った。しばらくして、尚美が出てきた。白い肉体からは白い湯気が立ち昇っていた。尚美はタオルで体を拭き、新しい下着を身につけた。黒木は一足先に部屋に戻っていた。

尚美は寝間着に着替えると、しばらくまた携帯電話をいじっていたが、十一時を過ぎると部屋の電気を消し、ベッドに横になった。

黒木は尚美が完璧に眠るまで一時間待つことにした。真っ暗な部屋の中で一時間も待つのは拷問にも等しい辛さだった。黒木はデスクの上に載った置時計の蛍光塗料の塗られた長針と短針をじっと見ていた。三十分が経過したころには、尚美の規則正しい寝息が聞こえてきた。まだだ。一時間と決めているのだ。黒木はもう三十分待ってようやく、横たわる尚美の傍らに膝を突き、布団の中に手を差し入れた。左胸にそっと手をあてがう。手のひらに柔らかい感触が広がった。

黒木はハアハアと興奮した息を漏らした。下半身は固く反応していた。黒木はゆっくりと手のひらを動かした。柔らかい乳房を揉んだ。興奮が高まり、自分が止められなくなっていた。このままレイプしてしまえないだろうか。

そんな欲望が頭をもたげたとき、尚美の胸を揉んでいる黒木の腕を当の本人の手がさっとつかんだ。

黒木は思わず短い悲鳴を上げた。

「はっ！」

「誰⁉　誰なの⁉」

「いや……」

尚美はパニックになって叫んだ。

「お父さん！　お母さん！」

部屋の明かりがぱっと点いた。尚美が黒木の腕をつかんでいないほうの手でリモコンを操作して明かりを点けたのだ。黒木はまぶしさに目をしばたたいた。

「お父さん！　お母さん！」

黒木はつかまれた右手を振り払おうとした。だが、尚美の握る力は強く、なかなか放さなかった。

「お父さん！　お母さん！」

黒木はとっさに尚美の首を両手で絞めた。尚美は間近から黒木を見た。目の部分の小さな二つの穴が見えたのだろう、尚美は恐怖に顔を歪めながらも、必死になって黒木の右手を握りしめていた。そして、空いたほうの右手で黒木の顔のあたりを夢中になって引っ掻いた。

黒木は小さくうめき声を上げた。顔の部分を覆うボディスーツが破れたのだ。

尚美が驚きの表情で黒木の顔を見た。

「あっ、おまえは……!?」

黒木は強く強く尚美の首を絞め上げた。

「お父さ……」

尚美はもう叫び声を上げられなくなっていた。階下が騒がしくなった。先ほどの尚美の叫び声が聞こえて、異変を感じた両親が起き出して、階段を上がってくる音がした。

黒木は渾身の力を込めて尚美の首を絞め上げた。尚美の身体から力が抜けていくのがわかる。

壊れた人形のように尚美の身体から完全に力が抜けた。がっくりと首が後ろに垂れた。黒木は急に恐ろしくなって尚美の身体を放した。どさりと音がして、尚美は絨毯の上に落ちた。どたどたと足音がして、父親と母親が部屋に入ってきた。

黒木はボディスーツの破れた箇所を手で覆った。父親と母親を迂回して戸口へ向かい、階段を下りて家の外へ出た。

10

前回の捜査会議から三日が経過して、再びＳＣＩＳの面々は一堂に会した。重苦しい緊張感に包まれ、誰一人テーブルの上のおにぎりやサンドイッチに手を付ける者はいなかった。山中森生と最上を除いて。静けさの中、おにぎりの包みを剝がし、海苔を巻き付けていた森生だったが、ようやく部屋の空気がいつもと違うことに気付いたのか、大きな一口を食べてからおにぎりをテーブルの上に戻した。空気の読めない最上は棒状の羊羹に齧りついていた。

祐一は見て見ぬふりをしてから、実働部隊の長である長谷部に尋ねた。

「その後の進捗状況はいかがでしょうか？」

長谷部はかゆくもない頭をぼりぼりと掻いた。

「いやぁ、それがいまのところ進展がないんだ。教授から准教授、助手、学生と調べる対象が多くてな。おれも手伝っているんだが、思いのほか時間のかかる作業で……」

「コヒさん、ＳＣＩＳの実働部隊が何人いるか知ってます？」

玉置が痛いところを聞いてきた。

「ええっと、長谷部さんを入れて四人……ですか？」

「ご名答っす。うちらもタコじゃないんですよね、タコじゃ」

「ちなみに、イカでもないんで」

森生が自分の冗談に自分で笑った。

長谷部が思い出したように言った。

「ていうか、ＳＣＩＳは格上げになったんで、捜査一課の捜査員を五人から十人ほどうちに回してもらえるとかいう約束だったんじゃなかったっけか。あれは嘘かね？」

祐一は申し訳なく思いながらうなずいた。

「それが、いま捜査一課の面々は島崎課長の事案の捜査に駆り出されていますからね。もちろん、他にも事案はありますから、全体的に捜査員が不足している状態なんです」

最上が羊羹を食べながらぼそりと言った。

「わたしのリストに漏れがあるかもしれないことも否めないよね」

確かにそのとおりだ。最上がリストアップしたのは透明化装置の研究を公にしている大学や企業のリストであり、秘密裏に研究している機関は掲載されていないのだ。

そこへ、会議室のドアにノックがあった。「はい、どうぞ」と祐一が応じると、警視庁捜査一課の柳沢登志夫(やなぎさわとしお)課長が入ってきた。祐一と同じ階級ながら、年齢は五十六歳になる。それが警察庁のエリート官僚と警視庁の警察官との違いだ。柳沢は中肉中背の目付きの鋭い男で、現場主義を徹底しているからか、日に焼けた浅黒い顔をしていた。切れ者で通っている捜査一課長である。

「いま、ちょっといいか?」

「ええ、どうぞ」

玉置が予備の椅子を持ってきて、祐一と対面する位置に置き、柳沢に座ってもらった。

柳沢はどっかと腰を下ろすと、祐一に向かって口を開いた。

「実はいま捜一のほうで不可思議なヤマを扱っていてな。板橋区で起きた扼殺事件なんだが、被害者の女子大生、菅原尚美は二階の自室で殺され、事件発生当時、一階に両親がいて娘の悲鳴を聞いているんだ。悲鳴を聞いてから上階に上がるまではほんの数十秒だったが、両親は加害者の姿を見ていないっていうんだよ。しかも、事件の三時間前には、インターフォンを押す悪戯があったそうだが、父親が外に出てみても、誰の姿も見なかったんだそうだ。これって、まるで透明人間みたいな話じゃないか。

そう思って、そちらの中島課長に相談してみたところ、ちょうど似たようなヤマを扱っていると聞いてな」

長谷部はいつになく険しい表情になっていた。

「確かにそれはうちのヤマと似た感じがしますね。でも、そっちは殺人事件でしょう? うちのヤマでは加害者は殺人まではやってないんですよね。それに犯行に及んだ場所も中央線沿線上ですしね」

最上が鋭く指摘する。

「でもだよ、透明人間が犯人の事件なんてそういくつも起きたりしないからね」

柳沢課長が同意するようにうなずいた。

「そうだろう。こっちのヤマに関して言えば、犯人は自分の犯行がバレそうになって、切羽詰まって菅原尚美を殺してしまったという可能性だってある。この手の犯行がエスカレートすることはよくある話だしな」

長谷部はホワイトボードの地図を見やった。

「確かにそれならありえますね。とすると、犯人は今回だけいままでの行動範囲から逸脱したということですかね」

祐一も不思議に思いながら言った。

「犯人には何か理由があったんじゃないでしょうか。……たとえば、今回の被害者は犯人とは個人的に知り合いだったとか？」

「祐一君、冴えてるぅ」

最上が茶化してきたが、祐一は無視した。

長谷部が感心したように言った。

「いい筋読みだな。悪戯の度が過ぎてついに殺人に手を染めてしまったってことか。タマやん、捜一と協力して、その被害者の交友関係について洗ってくれ」

「了解っす」

玉置、森生、優奈の三人が腰を上げた。柳沢課長が出ていこうとしたとき、祐一はその背中に声をかけた。

「島崎さんの事案、その後の進捗はどうですか？　防犯カメラの映像解析をしていると は聞いていますが」

柳沢はその場で立ち止まり、陰鬱な顔を向けた。

「そのとおりだが、進捗はない。付近にはコンビニをはじめ防犯カメラがあちこちに設置されてあってな。犯人は必ずそのうちのどれかに映っているものと思われ、いま防犯カメラの映像を片っ端からチェックしているところだが、犯人らしき人物の映像が映っていないんだ」

そんな馬鹿な……。祐一は少し感情的になって言った。

「まるで透明人間みたいなこと言わないでください」

「いや、この事案もまた透明人間じゃないかと勘繰っているくらいだ。だが、中央線沿線上で起きているヤマとは別物じゃないかとも思っている」

柳沢課長の表情は冗談ではないと語っていた。

島崎の事件には何か深い闇のようなものを感じざるを得ない。祐一は臓腑が冷たくなるのを感じた。

柳沢課長が出ていくと、携帯電話が鳴った。出てみると、中島加奈子課長からだった。

「小比類巻さん、柳沢課長から話は聞いていると思いますが、板橋区で起きた殺人事件の被害者の遺体は目下、東京都監察医務院の柴山医師が行政解剖を行っています。柴山医師に何か発見があったらしいです。ただちに東京都監察医務院に急行してください。話は以上です」

「かしこまりました」

祐一は長谷部と最上を促し、捜査本部をあとにした。

東京都二十三区内で発生したすべての不自然死体は、文京区にある東京都監察医務院にて、死体の検案および解剖が行われ、死因が明らかにされる。医務院の主ともいえる存在が、柴山美佳医師である。白衣に一七五センチの長身を包み、金髪に染めた髪はサイドをツーブロックにして、両耳にはシルバーのピアスが複数光っている。大きく開いた胸元からは毒々しい色のサソリのタトゥーが覗いている。プライベートではけっしてお近づきになりたくないタイプだ。

生物災害(バイオハザード)にも対応する厳重な解剖室に顔を出すと、フェイスシールドを付けた柴山美佳が待ち構えていた。

柴山の前には大きな銀色の解剖台があり、若い女性が全裸に白いシーツを被せられた状態で横たわっていた。被害者の菅原尚美だろう。

祐一は手を合わせ、黙禱(もくとう)をしてから、口を開いた。

「柴山先生、何か発見があったとか?」

柴山は銀色の小さなトレイを手に取って見せてきた。トレイには一見何も載っていないように見えたが。

「うん、この被害者は扼殺されたんだけどね。わたしもうっかり見過ごすところだったんだけれど、右手の爪の間に見たことのない透明な布の一部が残っていたの」

柴山が指で示した先によく目を凝らすと、光の加減でようやく一ミリほどの透明な破片が見えた。破れた端の断面が半透明のため、何とかその存在が確認できる程度のものだった。

「これは?」

柴山は首をかしげた。

「光学顕微鏡で分析してみたんだけれど、工学系の物質のようね。わたしの知識じゃ、ちょっとわからないかも」

最上が遺体の首にぐっと顔を近づけて観察した。

「たぶんメタマテリアルだね。透明人間になれる夢の物質」

「ふーん、それってもう商品化されてるの？　買えるなら大量に買いたいけど」

「買ってどうなさるつもりですか？」

祐一はすかさず尋ねたが、柴山は祐一の顔も見ずに答えた。

「教えない。特に警察には教えたくない」

最上は残された透明な欠片を矯めつ眇めつした。

「現時点で開発されている透明マントもかなりの完成度の透明人間が出来上がるんだけれど、これはもっと完成度が高くて、完璧に透明人間になってしまうものかもね。ひょっとしたら、身体をすっぽりと包み込むボディスーツのようなものかも」

「犯人は天才の類だと？」

「かもね。でも、あれだね、天才でも人に危害を加えたり、人を殺したりするんだなぁって思うね。そう思うと悲しくなっちゃうよね」

祐一は静かな顔で眠る遺体を前にして、犯人に対する怒りが込み上げてくるのを感じた。

「わたしは透明人間になる装置を作成した時点で、犯人は悪魔と契約を交わしたのだと思いますね」

「悪魔と契約？」

「人は透明になって、何をしても誰にも知られない状況になると、良心をなくしてしまうんです。これはプラトンが『国家』の中で述べていることですが、なぜなら倫理観は社会的につくられるからです。社会から透明になってしまえば、人間は倫理観を失って、極悪非道なことでも平気で出来てしまうというんです」

「プラトンは性悪説の人なんだね。わたしはみんながみんなそうじゃないと思うけど……。祐一君も透明マントを与えられたら、犯罪に使うの？」

「いえ、そんなつもりは……。いえ、人を驚かすことぐらいはするかもしれません。最上博士と同じように」

「むう……」

祐一はその場面をイメージしてみようと努めた。

「この女性は透明人間に首を絞められ、抵抗して、犯人の透明化装置を引っ掻いた。その際、ボディスーツが破れたのでしょう。……ひょっとしたら、犯人の顔を見ているかもしれませんね」

長谷部が残念そうな顔つきになった。

「あー、だとしたら、惜しい目撃者を亡くしたな。コヒさん、透明人間の犯人はややこしいぞ。唯一の遺留品が透明な破片だけじゃな。目撃者がこれから出てくるとは考えられないし」

「柴山先生、生物学的痕跡もなしですか？」

「ないわね。残念ながら」

「打つ手なしか……」

長谷部がため息交じりに言うと、最上がいつもの場違いな明るい声で言った。

「でもさ、この被害者の女性は犯人の顔を見たかもしれないんだよね？　目撃者かもしれないんだよね？」

「ええ、それがどうかしたんですか？」

「あのね、実はね、死者の網膜にはその人が最期に見た映像が焼き付いているかもしれないの」

「何ですって!?」

祐一も長谷部も驚いて聞き返した。

「目の構造っていうのはカメラに似ていてね。目の虹彩はカメラの絞り、水晶体はレンズ、網膜はフィルムに相当するのね。眼底の網膜には視神経が集まっていてそこに像が結ばれるってわけなの。そこには、ロドプシンっていう化学物質が光に反応して多く集まったり、少なく集まったりして、ネガフィルムみたいな映像をつくっているの」

「な、なるほど?」

まったく理解していない様子の長谷部が相槌を打った。

最上は続ける。

「ただロドプシンは遺体が死んでしまうと有機物だからどんどん変化してしまうから、その有機物を固定させる薬剤を目に注射する必要があるんだけれどもね。だから、このご遺体はもう無理かもしれないけれど、もし次に残念ながら被害者が出た場合、真新しい遺体に凝固剤を注射すれば、上手く行くかもしれない。そうして網膜を取り出して検査をすれば、犯人の顔が浮かび上がるかもしれないのよ」

祐一は気分が沈むのを感じた。

「でもそれは、次の被害者が出ないとならないんですよね？　最上博士、可能であるならば、この遺体でも試してみてはいただけませんか？」

「うん、いいよ。やるだけやってみる」

最上は請け負ってくれた。祐一はその試みに賭けてみたい気分だった。

11

夜の九時ごろに帰宅すると、星来と母の聡子が玄関まで出迎え、「お帰り」と声をかけてくれた。

「星来、学校は楽しかったか？　お友達と遊んだのかな？」

「学校楽しいよ。今日も杏里ちゃんと遊んだ」

リビングで背広を脱いでいると、星来がプリントを見せてきた。学校で出された宿題だろう、算数のドリルのようである。

「見て。宿題もやったよ」

「よく出来てるじゃないか。星来は偉いなぁ。よしよし」

祐一は星来の頭を撫でてやった。星来は自分がやったことを父親に褒められないと納得しないようだ。

祐一がテーブルに着くと、母がキッチンから温め直したおかずを持ってきた。今日の晩御飯はいかの刺身、いかと大根の煮物といか尽くしである。祐一は手を合わせると、箸でつまみ始めた。

母と星来はソファに移動し、テレビを観始めた。ワイドショーのようだ。MCのタレントが今日のニュースについて解説している。

祐一は食事に没入した。いや、考え事をしていた。

科学に善悪はありません。それを使う人間に善悪があるのです——。

そう、中島課長に啖呵を切ったことを思い返していた。そして、後悔していた。

インターネットの世界では匿名性がある程度守られているが、ゆえに誹謗中傷や罵詈雑言がいたるところに溢れているという現実がある。自分の素性が他人にわからなければ、人によっては自らの凶暴性を発揮することがあるように思う。もちろん、すべての人間がそうではない。透明人間も同じだろう。透明になる装置を持っていても、犯罪に走らない者もいるだろう。しかし、犯罪に走ってしまう人間が少なくないことは、インターネットの世界を見れば一目瞭然だろう。

透明マントは一般市民のレベルが容易に使えるようにしてはいけない科学技術なのではないだろうか。ドローンと同じ扱いである。ドローンやラジコン飛行機などは、小型無人機等飛行禁止法によって使用が規制されている。透明マントも何らかの規制が必要となるだろう。今回の事件が本当に透明人間の手によるものだとしたら、警察庁は透明化装置に対して規制をするべく指針を発表するかもしれない。

祐一は島崎課長の事件のことを考えた。

島崎博也がなぜ殺されたのか。プライベートなことはよくわからないが、命を狙われるほどのトラブルを抱えていたとは思えない。であれば、仕事関係だろうか。刑事警察の人間ならば誰かに恨まれるということはありえようが、警察官僚が人の恨みを買うことがあるだろうか。

ある考えに思い至り、背筋に冷たいものが走るのを感じた。島崎はただの警察官僚ではなかった。少なくともＳＣＩＳを運営してからは刑事警察のようにさまざまな事案にかかわっていたのだ。

　これまでに検挙した被疑者、あるいは、その親しい者たちの逆恨みだろうか。それは十分にありうるような気がした。

「どうしたの？　怖い顔してるよ」

　星来が祐一の顔を覗き込んでいた。

「ああ、ごめん、ごめん。そんな怖い顔していたかな。ちょっと考え事があったんだよ」

「大人になると考えることが多くなるの？」

　ぞっとする質問をされ、祐一はしどろもどろになった。

「そ、そうだねぇ。多くなるかもしれないな。いや、パパがちょっと考えすぎなんだ。星来はもっとまともな大人になるんだよ」

　母がテレビを観ながら言った。

「パパはね、国に仕える仕事をしているから大変なのよ。ねえ、祐一」

「そ、そうですね。大変な仕事であることは確かです。まあ、大人になればみんな大変ですよ」

祐一は星来の頭をそっと撫でた。

「星来のためにも頑張らなくっちゃな。さて、そろそろ寝なさい。パパも自分の部屋に戻るから」

祐一は母と星来におやすみを言って、自室のある一階上の部屋へ向かった。

12

黒木篤郎は菅原尚美に握られた右の手首を左手で押さえた。まだ右手首には強く握りしめられた感触が残っていた。

人を殺してしまった。殺意がなかったとはいえ、人を殺したという事実に変わりはない。黒木篤郎は一睡もできず、空腹も感じず、ただじっと部屋にこもっていた。大学も風邪を引いたと嘘をついて休んだ。

この手に菅原尚美の首を絞めたときの感覚がありありと残っていた。何度もそのときの光景が思い返された。

透明になったとはいえ、腕をつかまれてしまっては、逃げることはできない。首を絞めている途中、菅原尚美は腕をつかむ手を解いた。そのときに絞めるのを止めていれば、殺さずに済んだだろう。菅原尚美もすぐには動くことはできず、黒木に逃げる暇があっただろう。あの女が腕をつかまないでくれさえすれば……。

腹の底から怒りが込み上げてきた。あの女が死んだのは自業自得だ。初めから気に喰わない嫌な女だった。怒りが罪悪感を掻き消していった。

黒木は三日間ずっと、あのときのこととこれからのことを考えていた。

おれは透明人間だ。誰もおれの姿を見た者はいない。おれが菅原尚美を殺したと証言できる者はいない。

誰もおれを捕まえることはできないのだ。

そう思うと気分が高揚した。またかつての万能感が戻ってきた。

おれは誰にも捕まらない。神ですらおれを見落とすだろう。

菅原尚美を殺した感覚が手によみがえってきた。黒木は息が荒くなるのを覚え、徐々に下半身に血がめぐるのを感じた。性的に興奮しているようだった。

黒木はもう一度あのシーンを想像して射精した。人を殺したことで性的に高まるという背徳感はどんな快楽よりも刺激的だった。

黒木は居ても立ってもいられなくなってきた。テーブルの上に置かれた透明ボディスーツを手に取り、その場で着替えた。

たちまち透明人間が出来上がった。

警察の捜査がどの程度まで進んでいるのかはわからない。透明化装置を研究している大学や企業を虱潰し(しらみつぶし)に捜査しているだろうか。遅かれ早かれ自分にたどり着くことはありうる。それは楽観していない。

黒木が楽観しているのは、自分が絶対に逮捕起訴されないという点だ。たとえ透明ボディスーツを発明した人物だと知られたとしても、この世の誰も殺人の瞬間を目撃していないのだ。

やれる。もう一度おれはやれる。

黒木の中で殺人への衝動が高まってきた。あの快楽を得るためならば、殺人はやむを得ないとまで思うようになっていた。

透明になった黒木は部屋を出て、夜の街へ繰り出した。悪戯を楽しみに行くのではない、今回はより明確な目的があった。

誰かを殺すために夜の闇に消えるのだ。

黒木はかつて会った女たちの中で、心の底から殺してみたいと思う女がいただろうかと考えていた。これといって殺してみたくなるような魅力的な女は見つからなかった。殺したいという怒りの対象者も同様である。黒木はいままで女性とそれほど深い関係になったことはないのだから当たり前である。

顔形がタイプだからという理由であとを尾け、殺すというのは忍びない。せめて、怒りが湧かなければ、人を殺すことはできない。

中央線に乗った。電車に乗る際には注意しないといけない。透明ボディスーツを着ていても、物理的に消えるわけではないので、満員電車に乗るわけにはいかないし、目の部分には小さな穴が開いているので、そこだけ透明になっていないのだ。面倒だがホームの端まで歩いていき、比較的空いている電車の先頭に乗車した。乗っている間は手で目の開いた部分を隠していた。

中央線を吉祥寺駅で降りた。駅の周りはいつものように人出でにぎわっていた。

黒木は街ゆく女を眺めた。いい女はいたが、殺したいと思う女はいなかった。個人的なつながりがなければ、自分には人を殺したいとは思えないのだ。

イライラしているうちに、一人の女が目に入った。黒木は女を殺そうと決めた。菅原尚美とよく似ていたのだ。こういうタイプは黒木のことを見下し、忌み嫌うに違いない。そう決めつけ、黒木は女を殺すことに決めた。

黒木はその女の後ろにぴたりと張り付いた。女友達も一緒だったので、一人になるのを待つことにした。誰も黒木がその女の後ろに張り付いていることに気付く者はいない。駅構内に入り、改札口で友達と別れると、女はお手洗いに向かった。黒木も恥ずかしがることなくついていった。

トイレには他に客の姿は見えなかった。外の喧騒(けんそう)から離れた静かな空間だった。女は個室に入り、鍵を閉めると、パンツを下ろして、便座に腰を掛けた。狭いドアから一緒には個室に入れなかったので、黒木はその様子を隣の個室の上から覗いていた。仕切りの壁の縁に手をかけて、音を立てずに登り、黒木は女のいる個室に飛び降りた。着地したときに少し音がしたので、女は不安そうに左右を見回したが、すぐに排尿に専念し始めた。

黒木は女の正面に立つと、静かに見下ろした。女は黒木の気配にも気づかない様子だ。女と同じ目線にしゃがみ込むと、ゆっくりと両手を女の首へ伸ばした。指先が触れて、女がびくりと身体を震わせた。黒木は首をつかまえ、強く絞め始めた。喉仏が折れる音がしたが、渾身の力を込めて首を絞め続けた。

女は両足で地面をバタバタと踏み鳴らし、黒木の顔のあたりをがむしゃらに引っ掻いた。顔の部分のボディスーツが破れてしまった。

またか……。ボディスーツの破れやすさは改良の余地がある。

女の目が驚きに見開かれ、黒木の顔を見ていた。黒木の顔があらわになっているのだ。

黒木は手に渾身の力を込めた。女はやがてぐったりとして身体から完全に力が抜けた。

黒木が首から手を離すと、力を失った女の身体は前のめりに倒れ、床に頭をしたたかに打った。

黒木は顔を両手で隠しながら、個室から逃げ出した。

13

「ついに連続殺人事件に発展してしまったようだ」

ＳＣＩＳの捜査本部にて、捜査一課の柳沢登志夫課長が苦々し気に語った。

「被害者は、赤城絵美、二十六歳。総合商社に勤めるOLだ。吉祥寺駅構内にあるトイレ内の個室にて、首を絞められて殺害された。検視の際に明らかになったのが、赤城絵美の爪の間からも半透明な布の破片が見つかったことだ。犯人に首を絞められた際に抵抗し、犯人の透明化装置を破ったものと思われる」

会議室で耳を傾けていた四人、祐一、長谷部、玉置、優奈、どの顔にも焦りの色が濃く浮かんでいた。

祐一はため息交じりに言った。

「まことに由々しき事態です。犯人は理性を失い暴走を始めてしまいました。可及的速やかに犯人を拘束する必要があります」

長谷部が頭の後ろをがしがしと激しく掻いた。

「いったいどうやって身元のわからない透明人間を捕まえればいいっていうんだ⁉」

「一点、期待を持てる面もあります。最上博士が被害者の網膜から犯人の顔を検出するべく奮闘されています」

最上は菅原尚美の遺体の網膜でも犯人の顔の検出を試みたが、すでに網膜のロドプシンは変化してしまい、試みは失敗に終わってしまっていた。

柳沢課長が祐一に向かって言った。

「言われたように、赤城絵美の遺体の両目に凝固剤を打った。最上博士の奮闘が成功することを祈ろう」

長谷部が頼もしそうな声を出した。

「いいねー。そんな技術があるんなら、今後捜査一課が扱う殺人事件でも使わせてもらわない手はないな。だいたい被害者っていうのは加害者の顔を見ているものだからな」

「うむ、刑事の仕事がだんだんなくなってくるかもしれないな」

「あー、それは困りますね」

部屋のドアにノックがあり、山中森生が勢い込んで入ってきた。その興奮した顔を見れば、特ダネをつかんできたことは明らかだった。

「いました！　三鷹在住の透明化装置の研究者、見つけましたよ！」

長谷部が指を鳴らして応じた。

「でかした！　どこのどいつだ？」

森生は「ちょっと待ってください」などと言い、ぜいぜいと荒い息をつき、手帳を開いて言った。

「東京科学大学の准教授、黒木篤郎です」

長谷部が憤怒の形相を向けた。

「東京科学大学だと⁉　なぜいままで見つからなかった？　東京科学大学の関係者ならとっくに調べ上げたはずだろ」

「それが、黒木篤郎は大学には実家の大宮に両親と一緒に住んでいると申請していたんです。ですが、両親にあらためて当たってみたところ、今年の初めから黒木は三鷹にアパートを借りて一人住まいしているということでした。すいません！」

長谷部が祐一に顔を向けた。

「コヒさん、あとは最上博士の成果と照らし合わせれば――」

今度はノックもなく、最上が入って来た。その表情を見れば、結果はわかろうというものだった。森生とは対照的に最上は死んだ魚のような目をしていた。

「祐一君、みんな、ごめんね。わたしの理論は間違っていないと思うんだけれど、網膜に焼き付いた映像は不鮮明で、犯人を特定できるような代物ではなかったの」

期待していただけに、祐一の落胆は大きかった。

「そうですか。参りましたね……」

長谷部は興奮気味に言った。

「いや、何も参ることはないよ。容疑者はわかったんだ。今度はそいつの行動を監視すればいいんだ」

「なるほど。通常の刑事の仕事というわけですね。がんばってください」

最上が心配そうな顔つきになった。

「でも、前にもハッセーが言っていたように、犯人が四六時中透明人間のままだったら、犯人を捕まえられないんじゃないの？」

長谷部は不穏な言葉は聞かないというように手を振った。

「とにかくだ、そいつの行動を監視だ！　絶対に捕まえてやる！」

14

三鷹駅から歩いて十五分ほどの距離の住宅街に黒木篤郎の住むアパートはあった。瀟洒（しょうしゃ）な二階建ての建物で、手すりの付いた外階段から二階に行けるようになっている。二〇五号室が黒木の住居である。

祐一と長谷部は同じ車に乗り、二〇五号室の玄関ドアの見える道路上に車を止めた。同様に、少し離れた場所に、玉置、森生、優奈の乗った車が止められている。車内から望遠鏡で二〇五号室のベランダ側をうかがっているはずだ。

最上は大事な用があるから遅れてくると言っていた。何か企んでいるに違いない。

祐一はサーモグラフィーを所持していた。物体表面の温度を画像として表示する測定機器であり、球速を測定するスピードガンのような形状をしている。手元の画面にカメラからの映像が映り、人間など温度が高いものは黄色く輝いて見える。

「犯人の透明化装置がサーモグラフィーまでは誤魔化せないタイプだといいな」

「それはもう祈るしかないでしょうね」

長谷部はコンビニで買ってきたおにぎりを頬張った。

「最上博士はどうしたんだろうな」

「さあ、最上博士の行動は予測不可能ですから」

「タマやんのほうはどうかな」

長谷部は携帯電話で玉置に連絡した。祐一にも聞こえるようスピーカーにした。

「おう、そっちはどうだ？」

「いやー、特に動きはないっすね。カーテンは閉められたままで、部屋の明かりも点いてません。部屋にいるかどうかもわからないっすね」

車内でじっと待っていると、午後一時に動きがあった。玄関のドアが開き、黒木篤郎が出てきたのだ。よれよれの白い長袖のシャツに、洗いざらしのジーンズを穿(は)いている。風貌には特にこれといった特徴はない。道ですれ違っても、気づかないタイプの男だ。ただ、顔つきが暗いことが気になった。

長谷部が玉置に連絡を入れた。

「タマやん、対象者(マルタイ)が出てきた。白の長袖のシャツにジーンズを穿いてる。そっちのほうに歩いていくから三人であとをつけろ」

「了解」

通話を切ると、長谷部が言った。

「たぶん昼飯じゃないか。悪さをしに行くんなら、透明人間になるだろうしな。でも、透明人間になられたら、尾行もできないし、逮捕もできないんじゃないか……」

長谷部の言うとおり、黒木が透明人間になったとしたら、いったいどうやって黒木のあとを尾けるというのか。暴行や痴漢の現行犯で逮捕することは不可能だろう。

祐一は考えながら言った。

「黒木が透明人間になるとしたら部屋の中でなるでしょう。外に出るときは玄関ドアが開くはずです。しかし、透明人間の黒木は見えないでしょう」

「そうだな。それで？」

「その段階で捕まえるしかありません。犯行現場を押さえることは不可能ですからね」

「しかし、黒木が二件の殺人を否定したら……？　黒木が透明人間だというだけで、殺人の被疑者として逮捕するのは無理があるんじゃないか？」

「わかっています。しかし、これは特別な事案です。この日本中でいま透明人間になって人を殺しているのは黒木篤郎しかいないのは確かだと思いますよ。島崎さんの件は置いておいて」

長谷部は苦々し気に喉を鳴らした。

「ああ！　こいつは厄介な事件だよ、コヒさん。今後、透明マントが一般に出回ることだけは避けなくちゃならない」

「ええ。わたしもそう思います。科学に善悪はないといまでも思いますが、人間は悪に取り込まれやすい生き物ですからね」

長谷部はまったくだというように渋い顔でうなずいた。

それからしばらくして玉置から連絡が入った。

「対象者(マルタイ)、飯ですね。牛丼食ってますよ」

「やっぱりな。動くとしたら夜だろう。そのまま監視を続けてくれ」

三十分後、黒木篤郎が戻ってきた。相変わらず暗い顔つきをしている。黒木は外階段を上り、二〇五号室のドアを開けて入った。

それから一時間、二時間と経過したが、二〇五号室の玄関ドアが開かれることはなかった。訪問者もいない。

やがて夕方になり、日が落ち、辺りは薄闇に包まれた。玉置から黒木の部屋の明かりが点いたという連絡が入ったが、それからまた一時間、二時間と動きはなかった。

黒木篤郎は、毎晩透明人間になって街を徘徊しているわけではないのかもしれない。祐一はこれまでに起きた透明人間による悪戯事案の資料に再び目を通した。ここ一カ月急激に増え、この一週間の間にも二件の殺人事件が起きてしまっている。

黒木篤郎はもはや理性を完全に失い、自らの黒い欲望のまま動いている。

黒木は今夜も動く。祐一の直感がそう告げていた。

すっかり夜の帳が下りた八時三十分、玉置から「部屋の明かりが消えた」と連絡があった。

「いよいよかもしれないな。まさかこんな早い時間から寝るわけじゃあるまい?」

長谷部が軽口を叩き終わらないうちに、玄関ドアがゆっくりと開いた。最初は人の頭が一つ通るくらいの隙間が開いた。それから、大きくドアが開くと、ドアは再び閉められた。ドアを開け閉めした人間の姿は見えなかった。

透明人間がドアを開き、外部の様子をうかがい、安全だと判断して、外へ出て、ドアを閉めたのだ。

「マルタイが出た! 出たぞ! 確保だ、確保!」

長谷部は急いで車の外へ出た。祐一もあとに続いた。玉置と森生と優奈もまた一斉に飛び出してきた。

玉置が一番最初に外階段の下に到着した。警棒を一振りして伸長させ構えたが、何やら戸惑っている様子だった。何しろ対象の姿がまったく見えないのだ。続いて森生と優奈もやってきて警棒を構えたが、やっぱり森生と優奈もおどおどとして、あたりに首をめぐらせていた。

祐一もまたはらはらとした。相手の姿は見えないのに、相手のほうはこちらを見られるというのは恐怖でしかない。

「黒木!」

長谷部はあたり一帯に響きわたるほどの大きな声で言った。

「おまえがそこにいることはわかっているんだ。これ以上、罪を重ねるのは止めろ!」

沈黙が応えるだけだった。

もうすでに透明人間はこの場にいないかもしれなかった。

いや、黒木篤郎はいまもこの場にいて、じっとこちらの動きをうかがっているのではないか。

祐一も長谷部も動けなかった。外階段の入口でおどおどとする玉置も優奈も森生も動けずにいる。

長谷部の額に嫌な汗が浮かんでいた。

「コヒさん、どうしたらいいんだ。ここでずっとおれたちも動けずに立ち尽くすしかないってことか……」

「困りましたね。時間的にまだ外階段から外に出てはいないと思うんですがね」

「それはわからないぞ。やつが走ったかもしれない」

「確かに……」

そのとき、一台の黒塗りのバンが現れ、長谷部の車の前で停車した。助手席のドアが開いて降りてきたのは、最上博士だった。驚いたことには、最上はオレンジ色の消防服を身にまとっていた。そして、真っ赤な消火器を抱きかかえるようにしている。

「ぎりぎり間に合ったかな？」

「最上博士、何事ですか？」

「透明人間に消火剤を噴射すれば、真っ白く実体化させることができるでしょう」

「なるほど。いい考えですが、肝心なその透明人間がどこにいるのかがわからないんです」

「ハヤオにハルキ、降りてきて！」

最上がバンに向かってそう呼びかけると、バンのスライドドアが開き、二人の警察官が降りてきた。彼らは手にリードを持っており、その先はとびきり大きな二匹の犬にそれぞれつながっていた。二匹は、軍用犬でも使われるほど頭がよいが同時に気性の荒いジャーマン・シェパード・ドッグとドーベルマンだった。

最上が二匹の間に立ち、それぞれの頭に手をやった。

「さあ、ハヤオにハルキ、おまえたちの優秀な鼻を使って透明人間を捕まえて！　ゴー！」

最上博士の掛け声と同時に、二匹の犬のリードが外され、ハヤオとハルキは一斉に駆け出した。

すさまじい吠え声を上げ、二匹は同時に同じ方向へ突進していった。それはちょうど玉置と森生と優奈がいる外階段の出入り口付近だった。玉置から二メートルと離れていない外階段の手すりのあたりに向かって、ハヤオとハルキは同時に飛び上がると、見えない何かに食らいついた。

「痛い、痛い、痛い！！！」

黒木篤郎のものと思われる悲鳴が上がった。それから、大きな物体が落っこちる音がした。外階段の出入り口をふさがれたため、黒木は手すりを越えて、地面に着地しようとしていたのだろう。

最上は説明するように言った。

「犬の嗅覚は人間の数千倍から一億倍っていわれているんだよ。ハヤオとハルキには菅原尚美さんと赤城絵美さんの爪の間から見つかった透明化装置の破片の臭いを嗅がせたからね」

黒木の叫び声が続いた。

「た、助けてくれ！　痛い！　助けてくれ！」

「ハヤオにハルキ、止め！」

ハヤオとハルキが命令を聞き、その場でぴたりと動かなくなると、最上博士は二匹の前に駆けていき、消火器の安全栓を抜き、ホースを前に向けて、レバーを強く握った。瞬時に爆発するような音とともに、大量の白い消火剤がまき散らされた。

その間も黒木は悲鳴を上げていた。消火剤の散布が止むと、真っ白に染まったマネキンのような人型があらわになった。黒木は爪先から頭まですっぽりと覆われるボディスーツを着ていたのだ。

長谷部が痛快そうに笑い声を上げた。

「もうこれで、どこにも逃げも隠れもできないな」

玉置と森生が近づいていき、力尽きた様子の黒木に手錠をかけた。

祐一はほっと安堵のため息を吐いた。

15

ヨーロピアンスタイルの課長室にて、中島加奈子課長は応接ソファに腰を下ろすと、上機嫌な様子で口を開いた。

「今回の事案、よく解決に導いてくれましたね。局長も褒めていました」

祐一はどう応えたらよいものかと迷った。無事に解決したとは言い難いからだ。

小さく頭を下げると言った。

「ありがとうございます。ＳＣＩＳの捜査員たちがよくやってくれました。最上博士にも助けられました。しかし、黒木篤郎はまだ自供していないと言います。このままでは、殺人罪で起訴に持ち込み有罪を勝ち取ることは難しいかと」

「そのことですか」

中島課長はにやりと微笑むと、ティーポットからカップに紅茶を注いだ。

「ついさきほど鑑識のほうから連絡がありましてね。菅原尚美の部屋から黒木篤郎の毛髪が見つかったという知らせが入りました。物的証拠が見つかったというわけです」

祐一は嫌な予感がした。

「まさかでっち上げをしたんじゃありませんよね？」

「口を慎んでください。それだけじゃありません。菅原尚美と赤城絵美の爪の間からは黒木篤郎が着ていた特殊なボディスーツの破片が検出されています。これは決定打となるでしょう。間違いなく、黒木篤郎が二人を殺したのですよ」

中島課長は険しい表情でかつ厳しい口調でそう断言するように言った。

祐一は勢いに呑まれた。

「な、なるほど、それならば有罪になるかもしれません」

「もちろん、透明化装置を使った犯行だったくだりはマスコミに発表もされませんし、裁判中も検察がその件に触れることはありませんけどね」

とんでもない情報操作だが、祐一は何も言わなかった。自分の判断を超えることだ。

「それと、透明化装置の研究ですが、警察庁から文部科学省に働きかけて、今後の研究には厳重な注意を要すると進言しておこうと思っています」

祐一はもう科学に善悪があるのではなく、人に善悪があるのだとは言えなくなっていた。科学を利用するのが人間である限り、悪用されることを想定しないではいられまい。

「わかりました。他に御用がなければ、わたしはこれで」

祐一はカップの紅茶を飲み干すと、課長室をあとにした。どうも今度の課長室は居心地が悪かった。

16

その日、祐一は長谷部を従えて帝都大学へ来ていた。最上博士は事件が解決を見たので、八丈島のほうに帰ってしまった。

透明化装置の研究は帝都大学でも行われていた。玉置たちは同大学の担当教授にも三鷹在住の関係者はいないか聴取をしたわけだが、担当教授があとになってから実験段階の透明マントが一着なくなっていることに気づいたのだ。

あちこちに本がうず高く積まれた教授室にて、祐一は担当の夏川雄大（なつかわゆうだい）教授に尋ねた。

「透明マントですが、紛失した時期はおわかりになりますか？」

夏川教授は困惑した様子で、ぼさぼさの頭を何度も撫でつけていた。

「三カ月前まではあったんですけどね。あれは前のバージョンのもので、もう使わなくなっていたんですよ」

「この研究室には普段どんな方が来られるんですか？」

「他大学の研究者仲間から、政府の関係者、ジャーナリストの方々も来ますよ」

「政府の関係者が来るんですか？」

「文部科学省の方も来ましたし、防衛省の方もよく来ましたね。透明化装置は軍事利用も可能ですからね」

祐一と長谷部は視線を合わせた。互いの目は憂慮すべき事態が起きたと語っていた。

夏川教授に礼を言って、祐一と長谷部は教授室を出た。

祐一は口を開いた。

「どうやら島崎さんを殺害した犯人は帝都大学の透明マントを盗んで使用したようですね」

「黒木篤郎よりもずっとたちが悪いタイプかもしれない」

長谷部は困惑した眼差しを向けた。

「コヒさん、おれたちも気を付けたほうがいいんじゃないか？」

「そのようですね」

祐一はあたりを見渡した。どこかから誰かが自分を見ているような気がした。

第二章　引き寄せる呪い

1

毎月頭に行われるＳＣＩＳの定例会議では、過去一カ月に日本で起きた数多くの事案の中から、今後ＳＣＩＳ事案につながりそうなものをピックアップしたり、こちらは少々勉強しなければならないが、最新の科学技術の悪用されかねない問題点を挙げたりなど、議論する場が設けられている。

祐一は始める前に一同を見渡した。長谷部勉をはじめ、玉置孝、山中森生、江本優奈らは、そわそわとして落ち着かない様子だった。勉強をしてきていないことは教師でなくとも一目瞭然だった。祐一は嘆息して会議室の一画を見ると、最上博士は相変わらずマイペースで、最中をいくつも頬張っていた。皮をぱらぱらと机や床にこぼしながら。子供か。

それでは、始めましょうかと声を上げようとしたとき、会議室のドアが開いて、予期しない人物が入ってきた。

中島加奈子課長だ。今日の装いもシックに決めていた。グレーのスーツに黒のインナーを合わせていた。両耳にはゴールドの小さなピアスが光っていた。

長谷部、玉置、山中、江本が弾かれたように席を立ち、直立不動の態勢を取った。

中島課長は彼らの顔をゆっくりと見回し、満足そうにうなずき、それから、テーブルの上に載っているコーヒーとお茶に目を留めると、明らかに顔をしかめた。

「紅茶がないようですね」

よせばいいものを、長谷部がコーヒーを指差した。

「コーヒーならありますよ」

「そんな野蛮なものは飲みません」

中島は切って捨てるように言うと、祐一の隣の席に腰を下ろした。祐一も緊張してきてしまった。長谷部たちがきちんと勉強してきており、まともな議論ができることを祈るばかりだった。

祐一は一同に向かって口を開いた。

「そ、それでは……、まず長谷部さん、この一カ月でＳＣＩＳにつながりそうな事案や科学技術について気づかれたことを話してください」

長谷部は後頭部をがりがりと掻き始めた。かゆくもないのに掻いているうちに、本当にかゆくなってきたからもっと掻いているという見苦しい掻き方だった。

「どうされましたか？　かゆみ止めでもいりますか？」

「いや、悪ぃ。捜一のほうも忙しくってな」

「そ、そうですか……。では――」

玉置が指名される前に口を開いた。

「おれやっぱ、原発とか危ないと思うんですよ」

「原発……」

祐一は困惑した。想像以上に大きな問題をはらんだ事象だからだ。ＳＣＩＳが手に負える代物ではない。

「原発かぁ。おれたちの守備範囲を超えて大きく出たなぁ、タマやん。ネタがないならネタがないって素直になっていいんだぞ」

長谷部は自分の番が過ぎたものだから、急に饒舌になって茶化し始めた。

「いやいや、あれこそ諸刃だと思うんすよ。成功すればクリーンなエネルギーを供給できるんでしょうけど、先の大震災のようなことがあれば、たちまちダーティーなエネルギーを放出するようになるじゃないですか。さらには、テロリストなんかのターゲットにされてミサイル攻撃なんかされちゃった日には、大爆発して放射能をまき散らしちゃいますからね」

「それ、放射能じゃなくて放射線ね。放射能っていうのは――」

最上が口を突っ込んできたものを、中島課長が厳しい口調でさえぎった。

「原子力関連施設に関しては、各県警から専門部隊が配置されています。われわれの出る幕はありません」

「そ、そうっすか……」

玉置はしゅんとして押し黙った。

祐一はため息をついて、まだ発言していない二人のうち森生のほうを見た。森生は祐一と視線を合わせまいとするように、テーブルの上の一点をじっと見つめていた。大量の汗を掻いて、顎の下からしずくが滴り落ちていた。

「あの、ちょっといいですか？」

声の主は優奈だった。祐一は優奈の目に異様な輝きが宿っているのを見て、嫌な予感がした。

「何かネタがありますか？」

優奈はこくりとうなずくと、真剣な表情になって言った。

「皆さんは、呪いを信じますか？」

「呪い？」

「呪いです」

祐一は隣にいる中島課長が「ふん」と鼻を鳴らしたのを聞いた。興味を示したのか、鼻で笑ったのか、どちらかは判然としなかった。

優奈は真面目腐った顔をして続けた。

「わたしの友達に占いに興味のある子がいるんです。先週その子とＬＩＮＥで話をしていたときに、その子の知り合いからの話として、ある占いの先生が客から依頼を受けて、人を呪い殺す〝呪い殺し〟を請け負っているっていうんです。その先生はいままでに四人呪い殺したことがあるそうです。いずれも依頼を受けてから二週間ほどで、呪われた相手は死んでしまったんですって。これホントです！」

長谷部がけたけたと笑い声を上げた。

「そんな馬鹿な……。人を呪い殺すって、いつの時代の話だよ。その昔だってそんな話はありえないだろ」

黙り込んでいた中島課長がおもむろに口を開いた。

「呪いですか。わたしは陰陽師(おんみょうじ)の安倍晴明(あべのせいめい)が好きでしてね。呪いというものには昔から興味を持っているんです。実際、人を呪い殺せたら、と思ったことも何度かあります」

長谷部が笑うのを止めた。

祐一はどんな顔をして中島課長はそんな恐ろしいことを言っているのかと、隣を盗み見てみたが、課長はいたって真面目な様子だった。

最上は細い腕を胸の前で組み、うんうんとうなっていた。

「ふむ。いままで呪いを科学したことはなかったなぁ」

祐一は中島課長の歓心を買おうと決めた。

「じゃあ、最上博士、この機会に科学的な考察をしてみてください。どうぞ」

祐一が水を向けると、最上はむっとした顔をした。

「ちょっと、祐一君、いくらわたしが天才だからって、急に話を振られてぱっと答えが出たりなんてしないんだからね。祐一君ってデリカシーがないよね。そんなんじゃ女子にモテないぞ」

中島課長は最上に興味を持ったようで、ぶしつけな目でじっと博士を見つめた。

「それでは、最上博士、呪いというものは実際にあるか科学的検証をお願いします」

「む。いいけど……」

最上も少々気圧(けお)された様子だった。

中島課長はうなずくと言った。

「それでは、みなさん、さっそくその捜査を始めてください。話は以上です」

2

鎌倉へは急用でもないので電車を乗り継いで行くことにした。一行の面々は祐一、長谷部、最上、そして、優奈の四人である。玉置と森生は置いてきた。有楽町から新橋に出て、新橋から東海道本線で小田原行きに乗り、戸塚で横須賀線に乗り換えてすぐ鎌倉である。

道中、長谷部はやたらと饒舌だった。

「いやぁ、あの中島課長はしゃべり方は馬鹿丁寧だけど、心がこもっていないようで怖いよ。コヒさんもあの人の下じゃやりにくいだろう。心中お察しするよ。しかし、あんな真面目腐った感じの中島課長が呪いを信じているとは思わなかったよなぁ」

祐一は本人の名誉のためにも部下らしく訂正することにした。

「いや、信じているとは言っていませんでしたよ。昔から興味があったと言っただけで」

「それでも、おれたちにさっそく捜査を命じてるんだから、信じてるんだよ。そういえば、人を呪い殺せたらと思ったことが何度かあるとか言っていたな。くわばら、くわばら」

祐一は複雑な気分になった。確かに長谷部の言うとおりだ。中島課長は呪いを信じているような節がある。祐一が判断を下す立場にいたら、優奈の話など一蹴していただろう。無駄足になるに違いないと思うと、いまから疲れが増すような気がした。

祐一の気分とは裏腹に、長谷部はまたも旅行気分なのか、浮かれている様子だった。

「占いの先生っていうのはさ、特殊能力者なんじゃないかな。ほら、アメリカのテレビドラマ『HEROES』に出てくるんだけどさ、遺伝子の変異とかで、呪いの力を持って生まれたんだよ」

「ドラマや映画からいったん離れましょうか」

祐一は当然のことながら、呪いなどまったく信じていない。ついでに言えば、占いでさえも。

「呪いの話をしようか」

最上が持参してきたのか懐中電灯を取り出すと、自分の顔を下から照らして見せた。その行為は暗がりだから怖いのであって、白昼では何の効果も得られないのだが。

「待ってました！」

優奈が前のめりになってはやし立てた。長谷部も興味津々といった様子だ。祐一も黙って聞くことにした。

最上はライトで自分の顔を照らしたまま続けた。

「世界でもっとも有名な呪いといったらツタンカーメンの呪いよね。一九二二年、エジプト南部のナイル川中流、王家の谷と呼ばれる場所で、十八歳の若さで謎の死を遂げた少年王ツタンカーメンの王墓が見つかったの。王の墓は以前にも数多く見つかっていたんだけど、いずれも盗掘された後のものだったから、未盗掘の無傷な状態で見つかったツタンカーメンの墓は当時大変な注目を浴びたのよ。

発見したのは考古学者のハワード・カーターというイギリス人でね。翌一九二三年二月十七日、カーターや資金援助をしたカーナヴォン卿のほか、エジプトの大臣、陸軍総司令官、美術館の部長、イギリスの貴族や医師、カーターの助手ら総勢二十名が見守る中、少年王の棺(ひつぎ)を納めた部屋の開封が行われたのね。するとお馴染みの黄金の仮面をはじめ、黄金の棺、黄金と宝石をちりばめた装身具など、おびただしい数の豪華な服飾品がまばゆいばかりの光を放っていたのよ。でもね、これがツタンカーメンの呪いの始まりだったの」

長谷部はすっかり話に引き込まれていた。

「それで、その呪いとやらは何だったんだよ?」

最上は相変わらずライトで自分の顔を照らしたままだった。

「まずカーターが飼っていたカナリアがコブラに嚙まれて死んだの。出土品には次のような言葉が刻まれていた。〝墓に足を踏み入れた者は、余が鳥を襲うように墓を暴いた者に襲い掛かり、神が罰するだろう〟ってね。カナリアという鳥が襲われ、しかも襲ったコブラはツタンカーメンの黄金のマスクの額にあしらわれているように、ファラオの王権の象徴なのよ。

そんなの迷信だ、偶然だ、って誰もが思っただろうけど、開封の二カ月後、カーナヴォン卿が高熱で倒れたの。〝鳥が顔を引っ搔く……彼の呼ぶ声が聞こえる〟。カーナヴォン卿は病の床でそう言うと、死んでしまったんだって。彼が亡くなったのはエジプトのカイロにあるホテルだったんだけど、その死の瞬間、カイロは停電で闇に包まれたというの。さらに同時刻、イギリスにいたカーナヴォン卿の愛犬が、急に吠え出し、突然死したって……」

「マジかよ、それ……」

長谷部はごくりと生唾を吞み込んだ。もはやすっかり信じ込んでいる様子だった。

「でも、それだけじゃ終わらなかったのよ。それから間もなく、墓の部屋を開封する場にいた美術館部長が、持病の悪化で死亡。さらに、カーナヴォン卿の死を見送るためにアメリカからエジプトに来た富豪の友人がツタンカーメンの墓を見物した翌日に急死した。その後、ツタンカーメンのミイラのX線撮影を行ったイギリス人技師が原因不明の衰弱死。ミイラの検視を行った医師二人がそれぞれ肺病と心臓発作で急死した――」

「も、もうやめてくれ……」

「他にも、墓を見物した人々が帰国途中や帰国直後に相次いで亡くなったというの。結局、カーナヴォン卿の死から六年の間に、墓の部屋の開封に立ち会った人が十四人死亡し、彼らの関係者や墓所に足を踏み入れた人を含めると、二十二人の死者が出たってわけ」

最上はライトを消すと、にこりとして話を締めくくった。

「でもね、ツタンカーメンの呪いだけじゃない、世界にはホントにいっぱい信じられないような呪いの話があるのよ」

にわかには信じられない話だった。祐一は困惑した。

「確かに、そこまでの死者が出れば、呪いと呼ばれるのも納得ではあります。ですが、最上博士としては、呪いという非科学的なものがあるとお考えですか？」

最上は携帯電話を操作しながら話し始めた。

「えっと、ウィキペディアによるとね、呪いっていうのは、人または霊が、物理的な手段によらず精神的あるいは霊的な手段で、悪意をもって他の人や社会全般に対して、災厄や不幸をもたらそうとする行為のことだって……。どうかなぁ。いまのところ、判断は保留するかな」

長谷部は顎の髭を触りながら言った。

「その物理的な手段によらずというところが曲者なんだよ。要するに、科学じゃないってことだろ」

祐一はうなずいた。

「精神的あるいは霊的な手段でという言い方も気になりますね。はたして精神的な手段で他人や社会に災厄をもたらすことができるんでしょうか。また、そもそも霊的な手段とはどういったことを意味するのでしょうか？　ねえ、最上博士？」

「わたしに何でも聞いてくるのやめてくれる？　わたしは科学者であって、心理学者や民俗学者とかじゃないんだから」

「でも、実際に現実としてそういう呪いの事象が起こってしまっている以上、それに科学的な見地から答えを導き出そうとするのが、最上博士のこれまでのスタンスだったんじゃなかったですか？」

「むう」

「思いつかないんですか？　科学的に呪いを解明する方法を？」

「ふっふっふ、ふっふっふっふ！」

最上のおかしな笑い声が徐々に大きくなっていった。

「わたしの脳みそが何も働かずにいると思う？」

「じゃあ、教えてください」

「それは着いてからのお楽しみね」

長谷部が祐一の脇腹を小突いてきた。

「気を付けたほうがいいぞ。どうせ最上博士が狙っているのはシラス釜飯や鯛飯に鎌倉ビールぐらいなもんだ」

長谷部の携帯電話をちらっと見ると、「鎌倉」と「グルメ」で検索されたページが表示されていた。長谷部は完全にグルメ旅行気分で来ているらしい。

電車が鎌倉駅で止まると、最上は軽やかな足取りで降りていった。最上に続く長谷部と優奈の足取りも軽かった。祐一は気分が重くなるのを禁じ得なかった。

3

鎌倉駅前の小町通りにあるひなびた喫茶店の前で、目当ての人物と待ち合わせていた。呪い殺しを請け負う占い師を知るのは、優奈の高校時代の女友達のまた友達である。優奈は高校時代の女友達に頼み、占い師を直接知る彼女の友達をLINEを通して紹介してもらっていた。

先ほどから相手とLINEでやり取りをしていた優奈が、「もうすぐ来ます」と言うので待っていると、ベージュ色の麻のシャツに穿き古したジーンズ姿の青年が現れた。胸元にはターコイズの大きなペンダントがぶら下がっている。

祐一は男であることに驚いた。占い好きというから女だと勝手に思い込んでいたのだ。そして、鳥の巣のような頭にも驚かされた。青年は笑いながら自分の頭を指差して、「これは天然なんです」と説明した。古屋勇也と名乗る青年は何とも浮世離れした雰囲気をしていた。

祐一たちは人数が多いので、喫茶店の奥にある会議室を借りることにした。祐一、長谷部、最上の三人が並んで座り、その対面に古屋勇也が座って、その横に優奈がついた。

勇也は警察関係者と話をするのは初めてとのことで、緊張した面持ちだった。

こういう場合、祐一はどうやって相手の緊張をほぐしたらよいのかを知らない。横にいる長谷部は聴取や取調べで慣れているはずなので任せることにした。

長谷部は軽く咳払いをすると口を開いた。

「ええっと、古屋勇也さん。うちの江本から聞いたんですが、勇也さんのお知り合いの占い師に呪術をやる方がいて、その方が呪術で人を呪い殺したことがあると聞きましたが、その話は本当ですか？」

勇也は小さくうなずいた。

「ええ、西園寺ゆかり先生です。本当です」

祐一は思わず前のめりになってお願いした。

「西園寺先生の話を詳しく教えていただけませんか？」

勇也は再びこくりとうなずいた。緊張が取れないのか、彼の声はとても繊細で聞き耳を立てなくてはならなかった。

「西園寺ゆかり先生は、五十代くらいの占い師の先生なんですが、占いだけでなく、霊視ができたりするんです。その霊視が本当によく当たるんですよ。その人に憑いている幽霊が見えるんです。ぼくの場合は生霊が憑いているって言われて、一五万円で除霊してもらったことがあります」

「一五万……!?」

長谷部も祐一も驚いてしまった。若者がおいそれと一五万という金額をわけのわからない霊視の対価として払ってしまうことに呆れる思いだった。勇也は少しの疑いもなくそういった能力を信じているのだろう。

「最近なんですが、西園寺先生は呪術も使えることを耳にしたんです。ぼくの友達に西園寺先生に心酔している子がいて、黒田麻衣っていうんですが、麻衣から聞きました。麻衣が言うには、西園寺先生から呪術ができるって聞いたときに、相手に呪いをかけることもできるかって聞いてみたそうです。そうしたら、先生は〝できる〟って答えたんです。〝呪い殺し〟すなわち〝呪い殺すこともできる〟って。ただし、呪い殺しの代金は三〇〇万円だと言われたそうです」

長谷部は尋ねた。

「それで、その麻衣さんは西園寺先生に誰かを呪い殺してほしいとお願いしたんですか？」

　勇也はまるで自分がしたことのように決まり悪そうになってうなずいた。

「はい。麻衣の女友達に高木紗枝（たかぎさえ）という方がいるんですが、麻衣はこれまでに付き合った二人の彼氏を二人とも紗枝に奪われたっていうんです」

「それはひどいな……」

「それで麻衣は紗枝に、〝どうしてわたしのものを奪うの？　わたしにはもう何にもなくなっちゃった〟って言ったんです。そうしたら、紗枝は麻衣に〝じゃあ、死んだらいいじゃない〟って言ったんだそうです。その話を聞いて、ぼくも紗枝のことを許せないって思うようになりました。だから、麻衣が西園寺先生に紗枝を呪い殺してほしいってお願いしたって言ってきたとき、ぼくは驚かなかったんです。心の中ではよくやったって思ったくらいです。でも……、その二週間後に、本当に紗枝が亡くなったと聞いて、ぼくは……、何て取り返しのつかないことをしてしまったんだろうって思いました」

　長谷部は腕組みをしてうなった。

「うーん、それは古屋さんが罪悪感を抱くことじゃない。その西園寺先生は合計四人呪い殺したと聞きましたが？」

「ええ、本当らしいです」

「古屋さん、亡くなられた高木紗枝さんのご自宅はご存じですか？」

「麻衣に聞けばわかります。ＬＩＮＥで問い合わせるのでちょっと待ってください」

「お願いします」

長谷部の顔がすっかり刑事のものになっていた。

祐一もまたここへ来るときよりも呪いについて信じ始めている自分に気づいた。


古屋勇也に教えられた高木紗枝の住所は、鎌倉山のほうにあるということだった。祐一たちは駅まで戻り、タクシーに乗ることにした。助手席に最上が座り、祐一、長谷部、優奈の三人が後部座席にぎゅうぎゅうになっておさまった。

タクシーはしばらく行くと、葉桜の並木道を通り過ぎて、林に囲まれた一軒家の前に停車した。赤レンガで出来たモダンな雰囲気の二階建てだった。庭にはあちこちに赤や白、ピンクや黄色と色とりどりのバラの木が植えられていて、あたりはひんやりとしてしんと静まり返っていた。

タクシーから降りた四人は門扉の前でしばし立ち尽くした。おいそれと立ち入ることのできない雰囲気を感じたのだ。それに、祐一としてはどう話を切り出したらよいかも迷っていた。

「われわれが高木紗枝の死について調べていることをどう弁明したらいいものでしょうかね？　曲がりなりにも警察官であるわれわれが、高木紗枝は西園寺ゆかりに呪い殺された可能性があるから調べているなどと話すわけにはいかないと思うんですが」

「確かに、そうだよな」

長谷部は同意してうなずいた。

「呪い殺された云々の話は相手の様子を見て話すか話さないか決めたほうがいいかもしれないな」

「ええ、話の運び方には注意を要すると思います。古屋勇也さんからうかがった話をそのまま伝えていいかも迷うところです。高木紗枝が黒田麻衣から二人の男性を奪った話とかも」

「遺族が聞きたい話じゃないわな。高木紗枝は黒田麻衣に暴言まで吐いたというし。よし、コヒさん、ここはおれに任せろ。知力、顔力、モテ力じゃ負けるが、おれのほうがコミュ力は高い」

「……では、頼みます」

門扉の脇にあるインターフォンを鳴らしてしばらくすると、女性の声で「どちら様でしょうか？」と応答があった。

「警察の者です。亡くなられた紗枝さんのことでうかがいたいことがあって参りました」

祐一がそう答えてからしばらくして、五十代半ばの女性が玄関から顔を出した。その背後には同年代くらいの男性も控えていた。高木紗枝の両親だろう。仲がよいのか二人は同じ柄のTシャツを着ていた。娘が他界して三カ月も経ってから警察関係者が訪ねてきたことを不思議がっているようだった。

祐一たちは庭に面した広いリビングに通された。すっきりと物が片付けられており、どこか物悲しさを感じさせた。娘が亡くなった分だけ生活感が失われたとでもいうようだった。長谷部と最上がソファに座り、優奈と祐一は絨毯に腰を下ろした。対面のソファには紗枝の父親が座ったが、視線を合わせようとせず、黙り込んだままだった。

キッチンのほうから紗枝の母親がやってきて、テーブルの上に人数分の湯呑を置いた。

長谷部は名刺を差し出すと、おもむろに口を開いた。

「わたしは警視庁の者なんですが、紗枝さんの件でちょっと調べていることがありまして……。たいしたことじゃないんですけどね。あの、紗枝さんは亡くなられるまで何をされていたんでしょう？」

質問には母親のほうが答えた。

「地元でアパレル関係の仕事をしていました」

「なるほど、普通に会社に行って、仕事をしていたんですね。紗枝さんの死因についてうかがっていいますか？」

「病院の先生の話では心臓発作ということでした。鎌倉駅前の小町通りで友達と一緒に買い物をしているときに突然……」

「そうでしたか。まだお若いですよね。もともと心臓に持病があったとか？」

「いえ、健康そのものでした。まさかこんなに早く逝ってしまうなんて……」

母親は早くも涙ぐんだ。

「そうでしたか。無念でしょうね。亡くなられる前も健康だったんですね？」

「それが、ちょうど亡くなる二週間ぐらい前から、心臓が痛むと言うようになりました。医者にもかかりましたが、原因がわからないということでした」

「二週間前ですか……」

長谷部は祐一のほうをちらりと向いた。古屋勇也の話では、黒田麻衣が占い師の西園寺ゆかりに高木紗枝を呪い殺してほしいと依頼した時期が、紗枝が亡くなる二週間前だった。

父親のほうがじれったいとでもいうようにして口を開いた。

「あのぅ、警察の方がどうして今頃、紗枝のことを調べているんでしょうか？　紗枝の死に不審な点でもあるんですか？」

「それがそのぅ……」

長谷部は助けを求めるように祐一のほうを見たが、祐一としてもどう答えていいか困ってしまった。まさか呪い殺された可能性があるとはいえないし、それに到った過程については、死者の悪口になりかねないので言いづらい。

長谷部は痒くもなさそうな頭の後ろをがしがしと掻いた。すでにテンパっているのだろう。祐一が代わりに何か適当なことを話さなければと思ったが、長谷部のほうが先に早口になって答えた。

「いや、それがですね、紗枝さんは呪い殺されたんじゃないかっていう噂があるんですよ」

「えっ、呪い殺された⁉」

両親ともに驚きの声を上げた。誰からも聞かされたことがなかったのだろう。当然だ。

そこで止めるべきだったが、長谷部は止まらなかった。

「いや、実はある占い師に紗枝さんを呪い殺してほしいって頼んだのは、紗枝さんに二度も付き合っていた男性を奪われた女性だったんです。二度もですよ。それに加えて、落ち込んでいるときに、紗枝さんから〝死んだらいい〟なんて心ない言葉をかけられたっていうんです。それで、その女性は紗枝さんをうらみに思って、占い師に紗枝さんを呪い殺してほしいと頼んだんだそうです」

父親が声を震わせて吠えた。

「うちの子がそんな……。あなたはうちの子を非難するために来たんですか？」

「いやいや、非難だなんてとんでもない。ただ、きっかけを作ったのは紗枝さんのほうだったんでしょうね」

「長谷部さん」

祐一は声をかけたが、長谷部の耳には届いていないようだった。

母親が長谷部をきっとにらみ据えた。

「あなたは、警察は紗枝がその占い師に呪いをかけられて死んだと、そう見てらっしゃるんですか？」

「いや、わたしとしてはいちおう事実関係を確認しているだけでして――」

「警察は呪いなんていう馬鹿げたことを本気で信じているんですか？」

「いや、わたしも信じているわけじゃないんですが、紗枝さんに彼氏を取られた方が、占い師に呪い殺してほしいと依頼した時期と、紗枝さんが心臓を悪くした時期が一致するものですから、つい……」

母親がまた涙ぐんで言った。

「帰ってください。呪いなんて存在するはずのないもので、紗枝が亡くなったとはとても思えませんから」

「す、すみません……」

長谷部は深々と頭を下げた。祐一も退け時だと思ったので、「失礼しました」と腰を浮かしかけた。

そのとき、緊張感を失った間延びした声が言った。

「ねえねえ、亡くなる二週間前も紗枝さんは普段通りの生活をしていたのかな？」

紗枝の母親も父親も、初めて彼女に気付いたというように最上のほうを向いた。

「どこか特別な場所に寄ったりとか、そういうことはなかったかな？　どこか共通の場所に行ったり、人に会ったりはしていないかな？」

母親が涙を抑えながら言った。

「紗枝が外出したときに、どこへ寄ったりしていたかまではわかりません」

「ふーん、そっか、そうだよね。ありがとうございました」

最上は一人納得すると立ち上がった。


高木紗枝の自宅を出たところで、祐一は長谷部への不満を爆発させた。

「長谷部さん、わたしよりもコミュ力ないじゃないですか。何だかんだ言って、あんな言い方をしたらご両親も気分を悪くされます！」

長谷部はしゅんとなった。

「そう言うなよ。ていうか、おれがコヒさんよりもコミュ力なかったら、いったいおれにはどんな力が残されているっていうんだ？」

「知りませんよ、そんなこと」

「冷たいなぁ。コヒさんは、冷たい。サイコパスって知ってる？」

「わたしはちゃんと人を思いやれる人間の心も持ち合わせています。それより、最上博士、先ほどの質問の意味は何でしょうか？」

「へ？　特に意味なんてないけれど。ちょっと聞いてみただけよ」

最上は明らかにとぼけている。祐一は言葉を額面どおりに信じたりはしなかった。

「何か仮説を立てられていますね？　何でも結構です。教えてください」

祐一がきつい調子で迫ると、最上は観念したように嘆息した。

「ふう。ちょっとあり得ない仮説をいろいろと考えてみたわけ。ほら、ツタンカーメンの呪いの話をしたでしょう？　何千年もの間、誰にも暴かれなかった墓は、その当時の風土がそのまま残されていると言っていいでしょう。たとえば、カビや細菌なんかがそのまま残っていたとか、有毒なガスが溜まっていたりとか……。実際、作家のアーサー・コナン・ドイルは、墓を暴きに来た盗人を懲らしめるために、墓の製作者が意図的に致死性のカビをばら撒いたんじゃないかっていう説を唱えたりしているわけ。でもね、その後に行われた墓の空気の調査では、有毒なガスやカビの存在は確認されなかったたんだ」

「なるほど。呪いの原因はカビや細菌だったかもしれないとする説ですか。とても興味深いですが、残念ながら科学的に否定されたんですね？」

「でも、ウイルスの調査まではしていないはず」

「ウイルス？」

「そう、ウイルス。ウイルスは通常の検査では検出できないからね」

長谷部が肩をすくめて言った。

「最上博士はホントにウイルス好きだねぇ。結婚しちゃえば？」

最上は長谷部を無視して続けた。

「いまから三〇〇〇年以上も前のエジプトの大地に存在していたウイルスが、墓暴きと同時によみがえり、調査員たちに毒牙を剝いた……そんなふうに考えたりもしたの。でも、ウイルス説も却下。実際に墓の発掘に直接かかわって、一年以内に死亡したのはカーナヴォン卿を含む二人だけだったからね。それに、ちょっとよく考えてみてよ。高木紗枝さんを呪い殺すために西園寺ゆかり先生はそんなウイルスを用意できたと思う？ウイルス学者でもないよね？　ウイルスは極めて扱いが難しいものだしね。だとしたら、ウイルス説では弱いんじゃないかなぁ。だから、他の仮説を立てなくっちゃならない」

最上はついでのようにこんなことを言った。

「あ、そうそう。ハッセー、西園寺先生が呪い殺した他の三人の被害者の死因についても調べてくれないかな？」

「それもそうだな。中島課長の依頼というんなら、ちゃんとした捜査をしなくちゃな」

長谷部はその場で携帯電話を取り出して玉置に連絡を入れた。

それが済むと、祐一は三人に向かって言った。

「では、次は占い師の西園寺ゆかりに会いに行きましょうか」

4

優奈が古屋勇也と再び連絡を取り、西園寺ゆかりの居場所を聞いた。鎌倉の隣にある藤沢に占いのオフィスがあるという。

そこで、祐一たちはタクシーを呼んでさっそく向かった。

そこは駅近くにある、うらぶれた感じのビルの一室だった。入り口のドアが開いており、中を覗いてみると、受付があって若い女性が座っていた。そこは小さな待合室になっていて、ラベンダーのようなアロマが焚かれていた。ビルの外観からは予想がつかない神秘的な雰囲気のある空間だった。

祐一が来意を告げると、女性は奥へ引っ込み、一八〇センチはあろうかという大柄な女性を連れて戻ってきた。西園寺ゆかりである。

西園寺は魔女のような黒い衣装をまとっていた。彫りの深い顔立ちは日本人離れしており、大きな鷲鼻もどことなく魔女っぽい。

今度は祐一が聴取役になることにした。祐一は警察の者ですと名乗り、少し話を聞かせてもらいたいと申し出ると、奥にある小さな部屋に案内された。

祐一たちは四人おり、また西園寺が大柄なため、部屋が小さく思えた。息苦しささえ感じたほどだ。部屋に窓はなく、空気の循環は完全に停止していた。

西園寺は壁を背にして椅子に腰を下ろした。背後の壁には、赤い背景に曼荼羅(まんだら)が描かれたラグマットが飾られていた。西園寺がその前に座ることで、威光のような役割を果たしている。

西園寺は大きな目で一同を見回し、すぐに祐一が一番格上と気付いたようで、祐一に視線を合わせて尋ねた。

「今日はどういったご用件でしょうか？」

祐一もまた西園寺を見つめ返した。西園寺は堂々としている。いや、そう装っているのかもしれない。また、警察の者だと聞いて、身構えているような印象もあった。

自分の行いに後ろめたさはないのだろうかと、祐一は思った。手を下して殺すことと呪い殺すことでは罪悪感の重さが違うのだろうか。

祐一は単刀直入に尋ねた。

「西園寺さんが行われているお仕事のことでうかがいたいのですが、呪い殺しという行為を行ってらっしゃいますか？」

西園寺は顔を歪めて微笑んだ。それは不敵な笑みだった。

「だとしたら何だというんでしょう。わたしがたとえ呪い殺しを行っていたとしても、警察は物的な証拠がなければ、わたしを逮捕できないのではないですか？」

祐一は敵対的な態度に怯んだが、西園寺の言うことはもっともだった。

「もちろん、そのとおりです。あなたが人を呪い殺したといくら主張しても、人を殺したという物的な証拠がなければ、警察はあなたを逮捕することはできません。われわれが確かめたいのは、本当に呪いの力などというものがあるのか、ということです」

「呪いの力があるかですって？　もちろん、ありますとも」

西園寺は力のこもった声で言い切ると、いくぶん饒舌になって続けた。

「呪いとは、超自然的な力を利用して、人間の願いや望みを叶える手段のことです。いわゆる呪術には、実に数万年という長い歴史があるんです。後期旧石器時代、つまり、人類の文明が始まったころから、呪術はすでに存在していました。旧石器時代に描かれた人類最古の壁画と言われるフランスにあるラスコーの洞窟の壁画は、狩りの成功を祈って描かれたものだと考えられているんです。人間の持つ願いや望みを託す手段として呪術が生まれていったんだろうと考えられています。これは人類最古の引き寄せの法則でもあります」

「引き寄せの法則ですか……。聞いたことがあります。スピリチュアルな用語ですね」

隣にいる長谷部が会話に入ってきた。

「あ、おれも聞いたことがある。思考は現実化するってやつだろ。強く考えたり、願ったりするものは叶えられるっていう。でも、おれ毎日のように億万長者になりたいって願ってるんだが、宝くじ当たったことないんだよな」

西園寺は長谷部の言葉を鼻で笑った。

「あなたは引き寄せの法則を誤解しているようですね。引き寄せの法則とは、この宇宙に存在する同じ波動のものは引き寄せ合うという法則のことです」

「は、波動？」

いきなり飛び出したスピリチュアルな用語に長谷部は困惑を隠せない様子だ。

そんなことにはお構いなく、西園寺は話を続ける。

「超ひも理論といって、この宇宙に存在するすべての物質をどんどん分解して細かくしていくと、すべては極小のひもに行きつくと言われているんです。そのひもは一本一本振動していて、波動を放っているんです。引き寄せの法則の核心とは、物質が持つ固有の波動同士が引き合うということなんです。たとえるならば、類は友を呼ぶという考え方ですね。波動が高い人のところには、波動が高いものが集まってくる。お金持ちのところにはお金が集まってくるという具合です。その反対に、波動が低い人のところには、穢れや悪いことが引き寄せられます。呪いも同じです。呪いの言葉や儀式は波動がものすごく低いのです。だから、人を呪わば穴二つというんです。自分もその低い波動に当たって死んでしまいますからね。でも、わたしは常に浄化を心掛けて、特別な訓練を受けていますからね、死には至らないで済んでいるんです」

最上が聞こえよがしにぼやいた。

「何だか量子物理学を自分に都合がよいように援用しているなぁ」

西園寺は最上のぼやきを無視して続けた。

「これまで、依頼によりわたしが呪いをかけさせていただいた方は何人かいますが、そのうちの四人が二週間ほどで命を落としています。いかにわたしの呪い殺しといえども、百発百中とはまだいかないのです。呪いと死との因果関係を説明することはできません。超自然的な力だからです。それでも、噂を聞いて、わたしの力を頼ってこられる方は少なからずいます」

警察を前にして開き直るかに見える西園寺に祐一は呆れる思いだった。

「あなたに本当に呪いの力があったとしたら、それは大変なことです」

西園寺は肩をすくめた。

「わたしがその力をどう使おうとわたしの自由だと思いますがね。警察がわたしを殺人罪で逮捕できないのならば、どうかお引き取り願います」

「そうですね。わかりました。今日は失礼いたしました」

祐一が腰を上げかけると、最上の声が引き留めるように言った。

「祐一君は呪いなんて本気で信じてるの？」

西園寺はむっとして最上をにらんだ。

祐一は呪いを信じかけている自分に気付き、愕然とした。うわべだけでも否定しなければならなかった。

「いえ、まったく。信じてなどいませんとも」

「だよね」

最上は西園寺のほうを向いて尋ねた。

「で、その人を呪い殺すのはおいくらでやってもらえるの？」

「三〇〇万円です。最初に三〇万円をお支払いいただいて、残りは成功報酬でけっこうです」

「いい値段取るなぁ」

長谷部がうらやましそうな声を出した。

最上が間髪容れずに言った。

「わかりました。じゃあ、この人を呪い殺してください」

祐一が驚いて最上のほうを向くと、子供のような指が自分を差していた。

祐一はあわてふためいた。

「はい？　最上博士、いったい何を⁉」

「祐一君、呪いなんて信じてないんだよね？　わたしもまったく信じてないの。だから、西園寺先生に祐一君を呪い殺してもらうの」

「いや、〝だから〟以降の意味がまったくわかりません！」

「いいじゃないの、せっかくなんだから」

「〝せっかくなんだから〟の意味がわかりません！」

最上が西園寺にちょこんと頭を下げた。

「カードでも大丈夫？」

「大丈夫です。受付でお願いします」

「あと、西園寺先生、呪い殺すのって、途中でやめてもらうこともできる？」

「ええ。だいたい呪いが相手に影響を及ぼすまで二週間はかかりますからね。でも、できれば、一週間以内のほうがダメージが少なくていいでしょう」

「一週間以内ならば死なない？」

「ええ、その場合は死にません」

「よっしゃ」

最上は意味がわからないガッツポーズをしていた。

「では、今日から呪いを始めさせていただきます。あなた、死にますよ」

西園寺は祐一の目を見て、微笑んだ。


エレベーターの中に入るや、祐一は最上に癇癪(かんしゃく)を爆発させた。

「最上博士、とんでもない依頼をしてくれましたね！　わたしは呪いなんて信じてはいませんが、西園寺は何がしかの方法で依頼のあった対象者を殺害しているわけです。わたしに何かがあったら、どう責任を取ってくれるんですか？」

「大丈夫だよ。だって、途中でやめてもらうこともできるって言っていたもん。だから、それまでに西園寺先生がどうやって対象者を殺害するのか、その方法を突き止めればいいわけで」

「まあ、それはそうですが……って、間に合わなかったら、どうするんですか！」

「それよりもさ、あの西園寺先生って人、〝その場合は死にません〟って言ったね」

「はい？　それが何か？」

「その意味は、あの人には呪いの対象者を生かすも殺すも自分次第だっていう確信があるってことだよ」

「なるほど。そう考えれば、確かに興味深い発言ですね」

「いったいどういう手を使っているんだろう。それを考えなくっちゃだね」

祐一は様子をうかがうように言った。

「一週間以内に可能なんでしょうね？」

「考えなくっちゃだなぁ」

最上は明言を避けた。

5

課長室にて祐一からの報告を聞きながら、中島加奈子課長は厳しい表情をずっと崩さなかった。

同席している長谷部は緊張した面持ちで身じろぎ一つせずにいたが、最上は一杯目の紅茶を飲み干し、二杯目を注いでいた。

「ベルガモットの香りがいい味出してるんだよなぁ」

どういう神経をしているのか、すっかりリラックスした様子だ。

祐一の報告が終わると、中島課長は低い声で迫るように言った。

「何かあったら、重大な責任を取らなければなりませんよ」

祐一は間髪容れず答えた。

「何かあったら、その何かでもう重大な責任を取ったことにはならないでしょうか？」

中島課長は口角泡を飛ばして怒った。

「何という詭弁を弄しているんですか、あなたは！」

祐一はあたふたとした。

「すみません。ですが、そういうことになってしまうんです。何か悪い兆しが現れた時点で、占い師の先生には止めてもらえるように頼めるといいますし。最上博士も最初の一週間で呪いをやめてくれるよう頼むとおっしゃっていますので」

「うん、それまでに呪いの謎を解明するからね」

最上が軽い感じで応じるが、中島課長は聞いてはいなかった。

「最初の一週間で呪いの影響が出始めたらどうするんですか？」

中島課長は呪いの力を完全に信じているのだ。

祐一も捜査を始める前と違って、呪いの力を恐れるほどに信じ始めていた。いまも西園寺ゆかりが呪いを行っているかと思うと臓腑が冷たくなるようだ。

そこでふと思い至った。

「呪いというものについて、私見を述べさせていただいてもよろしいでしょうか？」

「何です？」

中島課長と同時に最上もまた興味を持ったように祐一のほうを見た。

「呪いはある種のプラシーボ効果であるということは考えられないでしょうか？」

中島課長が怪訝な声を出した。

「プラシーボ効果？」

「有効成分が含まれていない薬を、本物の薬として患者に服用してもらったときに、ある程度の割合で治ってしまうことがあるという不可思議な現象のことです。効くと思って飲めば、偽薬（にせぐすり）も効いてしまうこともあるという」

最上が大きくうなずいていた。

「へえ、祐一君、すっごくよいところに目を付けたね。実はわたしもちょっぴりプラシーボ効果は脳裏をよぎったんだよ。たとえば、人は思い込みだけで死んでしまうこともあるからね。自分は心臓病にかかりやすいって信じている女性の死亡率は、そう信じていない女性の四倍に上るんだって。あと、がんでもないのに、がんだと誤診されたことで、具合が悪くなって死んでしまうケースもあるんだってさ。これって思い込みだよね」

「昔、三年殺しなんていう技が空手の漫画などで流行(はや)りました。特別な急所を突くと、じわじわと三年かけて身体を蝕(むしば)み、やがて死に至るという必殺技です。そんなものが本当にあるのかどうかは置きまして、これも立派な負のプラシーボ効果ではないかと思うんです」

「呪いは負のプラシーボ効果だというんですか……」

中島課長の口ぶりは何だか残念がっているようだった。思いのほか、中島課長はオカルト好きなのかもしれない。

「なるほど、そうかもしれないね。でも、もちろん、たぶんそうじゃないんだろうね」

最上がそんなことを言う。

「なぜです？」

「だってさ、西園寺先生の呪いは、二週間ほどで効いているんだよ。即効性があるんだよね。呪いをかけたっていうプラシーボ効果がたった二週間で人間を殺してしまうほどまでに効果があるとはちょっと思えないものね」

「では、最上博士はどのような仮説を立てておられるんですか？」

「立てておられませーん」

「またまた、ご謙遜を」

祐一は歯をぐっと食いしばって、最上のペースに付き合うことに決めた。仮説でも立てていてもらわないと困る。一週間しか猶予がないのだ。

最上は真顔になると、どこか遠くを見るようにして話し始めた。

「わたしはね、ハバナ症候群じゃないかなぁって思っていたの」

「なるほど、ハバナ症候群ですか！」

「ほう、ハバナ症候群ですか」

祐一はもちろん、新聞をよく読む中島課長も当然よくわかっているようだった。

長谷部だけが取り残されてしまっていた。

「おいおい、おれにもわかる日本語で言ってくれ。ハバナは葉巻ぐらいしか知らないんだから」

最上が携帯電話を操作しながら答えた。

「ウィキペディアによると、ハバナ症候群っていうのはね、二〇一六年に在キューバアメリカ大使館および在キューバカナダ大使館の職員の間で発生して以降、世界中のアメリカ外交官が報告した一連の頭痛などの症状の通称のことなのよ。音響兵器による意図的な攻撃じゃないかって推測されているんだけれど、いまのところ真相は藪(やぶ)の中なの。でも、最近になって重要な候補が挙がってきてね。電磁波じゃないかって言われているの」

「電磁波……？」

「でも、誰が何のために電磁波を使ったのかまではわかっていないの」

「では、博士は呪いの場合も西園寺先生が呪いたい相手に向けて、電磁波を放つような何がしかの装置を使って行ったのではないかとお考えなんですか？」

「ハバナ症候群を起こせるような機器って、それはもう兵器だと思うのね。西園寺先生が持っているようなことはないと思うのね。まあ、バックに米軍でもいるんじゃなければ、できないことよね」

「さすがにバックに米軍は控えてないだろうよ」

長谷部が呆れたように言った。

「じゃあ、結局、呪いって何だ？」

「それがわからないから、みんな暗い顔しているんじゃないの」

祐一は深く嘆息した。

「参りましたね……。最上博士、わたしの様子がおかしくなったら、至急、西園寺先生に電話をかけて呪いを止めてくれるよう頼んでくださいね」

「大丈夫。祐一君はユッキーが絶対守るからね」

最上は頼りなさそうな薄い胸をげんこつで叩いた。

6

嫌な夢を見て、祐一は目を覚ました。心臓がどきどきしていた。

ベッドの上に腰掛けて、自分の身体の具合はどうだろうかと思った。呪いが効き始めてはいないかと恐れたからだ。西園寺ゆかりの呪いが本物ならば、もう何か異変が起きてもおかしくはない。

祐一は身体の声に耳をすませようとした。どこも不調はなさそうだ。いや、心持ち胃が重いだろうか。気にし過ぎだろうと思い直した。

祐一はスーツに着替えると、一階下の母親の部屋に向かった。星来は朝からゲーム機を片手にテレビを観ていた。器用なのか集中力がないのか。一時期、女性脳はマルチタスクであるという噂がまことしやかに語られていたことがあるが、それは都市伝説であり、人間は男女に関係なくマルチタスクが苦手であることが研究によって証明されている。同時並行に複数の作業を処理しているのではなく、実際のところはタスクを切り替えているだけで、人間は一度には一つのことしか行うことができない。

キッチンから出てきた母が祐一の顔を見るなり言った。

「おはよう。あら、ちょっとやつれたんじゃないの？」

「本当に？」

祐一は席を立つと、洗面所へ行って鏡を覗いた。自分ではやつれたかどうかあまりよくわからない。

リビングに戻ると、祐一は憮然として母に言った。

「そういう言葉のプラシーボ攻撃をするのはやめてくれる？」

「言葉のプラシーボ攻撃……？」

「そう。心身ともに健康な人でも、周囲から具合が悪そうだなって声をかけられたら、本人もそう信じ込んで具合が悪くなってしまうものなんだよ」

「それはあるかもしれないわね。じゃあ、やつれてなんかない」

「もう遅いよ」

祐一の不安は徐々に膨らんでいった。本当に西園寺ゆかりの呪いが効力を発揮してきているのかもしれない。

最上博士……。

祐一は最上に連絡を入れようとして何とか自分を抑えた。まだ一日が経ったばかりだ。最上博士を信じてみよう。これまでだっていくつもの難題を解決してきたのだから。

7

警視庁にある捜査本部会議室へ顔を出すと、長谷部と玉置、森生の三人が待ち構えていた。最上もすぐに姿を現した。優奈は携帯電話の解析作業のため遅れてくるという。

「よし、みんなそろったな。それじゃ、タマやん、最上博士から依頼されていた件、高木紗枝以外の三人の被害者の死因について調べてきたことを、自分の口で報告してやってくれ」

長谷部に促され、玉置はうなずくと立ち上がった。

「えっと、西園寺ゆかりが呪い殺した被害者ですが、一人目は飯島恵子、二十八歳、契約社員。二人目は松本紀香、二十九歳、主婦。三人目が藤田美穂、三十二歳、会社員です。いずれも鎌倉市在住なんですが、三人ともに、この半年の間に心臓発作で死亡していますね」

「三人とも心臓発作ですか？」

祐一は意外に思って尋ねた。最上博士から聞いたツタンカーメンの呪いの話では、呪いの被害者は実にさまざまな方法で亡くなっていたからだ。

　玉置が答えた。

「はい、みんながみんな心臓発作だそうです。ちなみに、藤田美穂は生まれたときから心臓に持病を抱えていたそうですが、他の飯島恵子と松本紀香は特にこれといった病気は持っていなかったそうですよ。それから、三人とも外出時に心臓発作に見舞われてますね」

「ふむ、それは興味深いなぁ」

　最上は何か思うところがあるのか、虚空の一点をにらみ据えていた。

「その三人は生前、どこか共通の場所に行ったり、人に会ったりはしていない？」

　そのせりふは高木紗枝の両親にもした質問だった。

「いや、ちょっとそこまでは調べられてないです。さーせん」

　時間も足りなければ、人手もないので仕方がない。それにしても、最上博士の質問の意図が気になった。どうせ聞いても、まだ答えてはくれないのだろう。

　祐一は気になったことを尋ねた。

「被害者は三人とも鎌倉在住ということですが、他に共通点はありませんか？」

「いまのところ見つかってないですね。いま優奈が携帯電話の解析をしているんで、その結果待ちです」

森生がメモを見ながら口を挟んできた。

「一応、西園寺ゆかりの依頼主についてお伝えしますと、西条真由が飯島恵子を、栗田正美が松本紀香を、原口静香が藤田美穂を、恨んでいたようです。それで、西条真由、栗田正美、原口静香がそれぞれ古屋勇也に相談を持ち掛けて——」

名前が多すぎて、祐一は混乱した。森生をさえぎって、話を要約してみる。

「要するに、三人の被害者に殺意を抱いていた別々の人物が古屋勇也に相談を持ち掛け、古屋勇也がそれぞれに西園寺ゆかりを紹介したと、そういうわけですか？」

「はい、そのとおりです」

「みんな古屋勇也から西園寺ゆかりを紹介してもらっているんですね？」

祐一は最上のほうを向いた。彼女の反応を知りたかったのだが、最上は何か別のことを考えている様子だった。

長谷部はというと、頓珍漢なことを言う。

「こりゃ、古屋勇也は西園寺からキックバックもらってるな」

玉置がうなずいた。

「あ、ご名答っす。西園寺ゆかりは自分に顧客を紹介してくれた相手には一割キックバックしているそうです。呪い殺しは三〇〇万円っすから、古屋勇也に三〇万円渡してるんじゃないっすかね」

「四人紹介してるから、古屋勇也は一二〇万円を手にしてるってわけだな。人を呪い殺させておいて、なんて野郎だ！」

「直接殺してないっていっても、おれだったら安眠できないっすね」

祐一は玉置の言葉からふと気づいて尋ねた。

「ちょっと待ってください。西園寺が顧客を紹介してくれたら一割キックバックするという話は誰から聞いたんですか？」

玉置が自慢げに言った。

「それは、西園寺の顧客には何人も当たりましたからね。数人が呪い殺しの話は知ってましたよ」

「となると、西園寺が呪い殺しをやっていることを知っているのは、古屋勇也だけではなかったんですね。実際には、古屋勇也以外からも呪い殺しの依頼はあったのかもしれませんね」

「あったみたいですよ。実際、西園寺は他からも依頼を受けて、呪い殺しをけっこうな数やってきたようです」

「西園寺の話によれば、呪い殺しが成功したのは高木紗枝の件も含めて四件ということでしたが？」

「ええ、そうです。四件です」

「それは不思議なことですね」

玉置は大きくうなずいた。

「わかりますよ。コヒ警視正の言いたいことはよくわかります。どうして、古屋勇也の紹介のときだけ、呪い殺しが成功したのかっていうことですよね。おれもそれは疑問に思いましたから。でも、それはわからないっす」

祐一は再び最上のほうをうかがった。最上は何度も「なるほど」とつぶやきながら、一人納得したようにうなずいている。そろそろ聞いてもいいころだろう。

「最上博士、何か気づいたことでも？」

「二つあります」

最上は右手の指を二本立てた。

「一つ、どうして古屋勇也さんの紹介のときだけ、呪いが成功したのかについてだけど、それは古屋勇也さんが呪い殺しに関与しているからだってこと。携帯電話の利用履歴を見てみれば、古屋勇也さんとのやり取りが残っていると思うよ」

ドアにノックがあり、ちょうどよいタイミングで優奈が入ってきた。

「携帯電話の解析作業が終わりました」

元気のよい声で言う。

「西園寺ゆかりに呪い殺された四人の被害者が生前ある人物と連絡を取り合っていたことがわかりました。古屋勇也です」

「ほらね」

最上が誇らしげに胸を張った。

優奈はわけがわからずきょろきょろと一同を見渡していた。

祐一は先が気になって尋ねた。

「最上博士、もう一つの気づかれたこととは？」

「うん、もう一つは、どうやって呪い殺しを成功させたのかについてなんだけど、ヒントは心臓発作だよ」

ヒントを与えられてもさっぱりわからなかった。

「というと？」

最上は立ち上がると、ホワイトボードのところまで歩いていき、何やら図を描き始めた。まず黒いマーカーで単純化された人と胸のあたりにハートを描くと、赤いマーカーを使って心臓を中心にしてだんだん大きくなる同心円を描いていった。

「人間の身体にはね、生体電流といって、微弱な電流が流れていて、それで身体は動くようになっているんだけれど、電流が流れるということは電磁波が生まれるということなの。だから、心臓が生み出す電気信号を記録した心電図じゃなくって、心臓が生み出す電磁波を記録した〝心磁図〟を計測する動きが始まっているくらいなんだよ。人間の身体の中でも心臓はもっとも大きな電磁波を形成していて、心臓の電磁波のリズムは周囲の人の身体にも影響を与えているんだって。

そしてね、最近の研究では、脳だけが感情を司（つかさど）っているんじゃなくて、心臓も感情の生成について重要な働きを果たしているんじゃないかということがわかってきているの。心臓が発信するリズムの中にはさまざまな情報が込められていて、特に神経やホルモン、電気などの低周波の振動のなかに、感情に関する情報が込められている可能性が指摘されているんだ」

心臓が感情を生成しているとは驚くべき話だった。

「よく元気な人のそばにいると元気をもらえたりする、などと言ったりしますが、それは本当の話なんですね？」

「そういうこと。そして、その逆もありうるわけ。元気じゃない人のそばにいると、元気な人も元気じゃなくなっちゃう……。もっと話を極端にしてみれば、死にかけている人の心臓の電磁波を記録して、元気な人の心臓に照射してやれば、元気な人でも死んでしまうこともあるかもしれない」

「そんなことが可能なんですか？」

「理論的には可能だと思う。呪い殺された四人はみんな外出中に心臓発作に見舞われたってことだったでしょう？　間違いなくね、四人の近くには古屋勇也さんがいたはずなんだ。古屋さんはたぶんリュックサックや大きなカバンの中に電磁波発生装置を入れて、手にアンテナを持って、呪い殺したい相手に電磁波を照射したんだと思うよ。距離にして大体数メートル以内のところにいたはずだよ」

長谷部が祐一のほうを向いた。

「最上博士の推理が正しいとすれば、コヒさんの近くにもひょっとしたら古屋勇也が現れるかもしれない？」

最上がはたと首をかしげる。

「でも、古屋さんはわたしが西園寺先生に祐一君を呪い殺してほしいって依頼したこと知らないんじゃないかな？」

「それもそうだな……」

祐一は嫌な決断を下さなければならなかった。

「いえ、わたしのほうから古屋勇也に会いに行こうかと思います。こちらから揺さぶりをかければ、ひょっとしたらぼろを出すかもしれません」

8

祐一は一人、鎌倉駅にやってきた。古屋勇也と会うためである。

昨日、祐一は古屋に電話をかけた。

「わたしは呪いがあるなど、これっぽっちも信じていないんです」

祐一はそう切り出した。

「わたしの推測では、西園寺ゆかりさんか、もしくは別の誰かが何らかの方法で直接呪い殺したい相手を殺害したのではないかと考えています。つきましては、明日にでも一対一でお話をうかがいたいのですが」

勘がよくなくとも、古屋はよからぬ展開を予想したはずである。心にやましいことのある人間ならば、なおのことだろう。

古屋勇也は承諾したが、警戒していることは確かだった。

一人というのは表向きで、祐一から少し離れたところには、玉置と森生の二人が見張ってくれているはずだ。玉置と森生の顔は古屋にはまだ割れていない。もちろん、長谷部と最上博士もどこかに身を隠しているだろう。

午後一時ちょうど、待ち合わせに指定した喫茶店に入ると、古屋勇也が一人で窓際の席に座っていた。

「お待たせしました。今日はお時間をいただき、すみません」

祐一は古屋の対面に腰を下ろし、ブレンドコーヒーを注文した。

古屋勇也は前に会ったときと同じように、麻のシャツにジーンズという出で立ちだった。頭も相変わらず鳥の巣のように大きい。だが一点、前回と違うことは、大きなリュックサックを背負っていたことだ。古屋はリュックサックを席に置かず、背負ったまま席に着いていた。

祐一は背筋に冷たいものが走るのを感じた。周囲にいるはずの玉置と森生の姿を確認したい欲求をぐっとこらえた。

アンテナのようなものは見えないが、もしいま古屋が何らかの方法で電磁波を祐一に向かって照射していたら、祐一の心臓は止まってしまうかもしれないのだ。

恐怖のため祐一の心臓はどきどきと早く脈動していた。

「昨日お電話でも話しましたが、わたしはもともと理系の人間でしてね、非科学的な呪いというものをまったく信じていないんです」

祐一は無理に笑って見せた。

「実際に、西園寺先生にわたしのことを呪い殺してみてくれと挑発したんですけどね、見てのとおりわたしはピンピンしていますしね」

古屋は真顔になると、祐一の顔を真正面から見た。

「西園寺先生にあなたを呪い殺すようにお願いしたんですか？」

「ええ、そうです。もう三日経ちますが、まったく何の影響もないようですね」

「あなた、間違いなく呪い殺されますよ」

「それができるんなら、いますぐにでもやってもらいたいですね」

古屋は挑戦と受け取ったのか、怒りのこもったような目で祐一をにらんだ。

「ちょっとお手洗いに行かせてもらいます」

古屋は席を立つと、重そうなリュックサックを背負ったままトイレに消え、五分ほどして戻ってきた。何か変わった点はないかと探してみたが、特に不審な点は見つからなかった。

古屋は先ほどと同じようにリュックサックを背負ったまま席に着くと、テーブルの上に右手を載せた。右手は祐一に向かって伸びていた。

「つかぬことをうかがいますが、古屋さんは大学ではどんな研究をされていたんですか？」

「高周波発生装置の研究です。高周波エネルギーを発生させたり、送ったりする装置の開発にかかわっていました」

「心臓が放つ電磁波は低周波のものが多いんだそうです。低周波エネルギーを発生させる装置もお手の物なのでしょうね？」

「何が言いたいんですか？　あなたはわたしが西園寺さんの代わりに、対象者を殺害したとでもいいたいんですか？」

見えない矢で心臓を射られたような気がした。心臓がぎゅうっと音を立て、明らかな不整脈を打った。

祐一は心臓を押さえて、その場でうずくまった。

顔を上げると、古屋は不敵な笑みを浮かべ、祐一を見下ろしていた。右手を祐一の胸へ向けて突き出しながら。

「右手にアンテナを隠してるんだよ！」

どこからか聞こえてきた最上の声がそう言ったかと思うや、玉置と森生がわっと古屋を取り囲み、取り押さえ、床の上に組み伏せた。

それでも、古屋の右手は祐一の心臓のほうへ向いていた。

「く、苦しい……」

祐一は心臓をぎゅっと押さえた。

最上の手が古屋の右手をつかみ、祐一の心臓からそらした。とたんに、心臓が楽になったと感じた。古屋の右手にはリュックサックの中の電磁波発生装置につながっている指向性のアンテナが仕込まれていたのだ。

玉置が古屋に後ろ手に手錠をかけて叫んだ。

「古屋勇也、おまえを殺人未遂の現行犯で逮捕する！」

9

課長室のヨーロピアンスタイルの雰囲気にも多少は慣れてきただろうか。差し出される紅茶にも舌が馴染んできたかもしれない。

しかし、この部屋の主にはどうしてもまだ心の壁を築いてしまう自分がいた。

中島加奈子課長は優雅に足を組むと、昔を懐かしむような口調で言った。

「わたしが小学生のころの話ですが、誰が選んだのか図書館に黒魔術の本と白魔術の本が一冊ずつ所蔵されていましてね。当時からオカルト的なことに興味があったわたしは、その本を借りて、黒魔術をやってみようと思い立ち、実際にやってみたんですよ。どんなことをしたか具体的なことは忘れましたが、いろいろ手に入れられる限りの薬草なんかを調合したはずです。

そのときに呪ったのが、クラスメイトのさっちゃんです。さっちゃんはわたしのことをことあるごとにのけ者にするような嫌なやつでした。だから、わたしはさっちゃんに悪いことが起きますようにと黒魔術の呪いをかけました。

するとどうでしょう。次の日、さっちゃんが学校を休んだんです。これにはわたしは衝撃を受けましたよ。わたしの黒魔術が本当に効いてしまったんだと。そう思うと、わたしは重大な罪を犯してしまったんじゃないか、このことがバレたら逮捕されるんじゃないかと本気で恐ろしくもなりました。それからさっちゃんは三日後に学校に戻ってきました。話によると、ただ単に風邪を引いたんだそうです。ですが、その後もさっちゃんはたびたび学校を休むようになり、とうとう、別の学校に転校していくことになりました」

祐一はまんじりともせずに課長の昔話を聞いていた。最初の発言には気を付けるべきだと思いながらもつい聞いてしまった。

「その話の教訓は？」

「教訓？」

中島課長の片方の眉がぐいっと持ち上がった。

「教訓がなければ、昔話を語ってはダメでしょうか」

「いえ、そんなことはありません」

「要するにです、わたしはずっと呪いの力はあるものだと信じて生きてきました。ですが、あなたたちＳＣＩＳのおかげで呪いなどというものはないかもしれないと、少し心が傾き始めています」

傾き始めている？　どうやら中島課長の中核に位置するオカルト好きの信念は堅いのかもしれない。

中島はソファから立ち上がると、デスクの上から二冊の本を手に取って戻ってきた。

それはところどころ表紙の破れかけた古めかしい二冊の本で、タイトルには『黒魔術のかけ方　初級編』と『白魔術のかけ方　初級編』と書かれていた。

「これはのちのち自分で手に入れたものです」

中島課長は白魔術の本を掲げた。

「こちらはいい願いを叶える魔術です。これならば、もしものことがあっても、悪いことは起きません。ということで、本人の許可を取りたいわけですが、白魔術が本当に効くかどうかを確かめるためにも、小比類巻さん、あなた、何か叶えたい夢はありませんか？　何でもいいですよ。恋愛的なものでも」

指向性の電磁波が向けられているわけでもないのに、祐一の身体はぶるぶると震えた。

「い、いえ、けっこうです。わたしは自分の運命というものを信じていますので、運命に任せます。それでは、他に用件がないようでしたら、わたしはこれで」

祐一はあわてて踵を返すと、課長室を逃げるようにあとにした。

第三章　再び踏まれる月

1

そこは、鉄骨で組み立てられた広大な温室ハウスであり、屋根から側面まですべてがガラスで覆われていた。ハウス内には灰褐色の長大な畝（うね）が幾筋も連なり一面に広がっている。植え付けられたタネイモはまだ出芽しておらず、不毛な星の大地のような光景が延々と続いていた。

温度は四〇度を超え、湿度は一五パーセントに設定されている。まるで砂漠にいるようだったが、実際、それ以上に過酷な地で農業を行うための実験であった。

月の農業である。

現代は人類が月へ進出する時代なのだ。

北海道広尾郡小樹町にある宇宙開発企業〈ムーンランド社〉の研究所では、月の土壌〝レゴリス〟を利用した農作物の栽培が行われていた。他にも、レゴリスを使用したコンクリートの製作やレゴリスから酸素を取り出す技術なども研究されている。いずれも人類が月へと版図を広げた暁には必要になるものばかりだ。ムーンランド社はレゴリス開発では世界屈指の企業だった。

中森信一郎は数回くしゃみをした。簡易マスクはしていたが、レゴリスを少し吸い込んだようだった。中森はムーンランド社の大口出資者であり、現在、同社の役員を務めていた。自分の会社の研究内容を目で見て確認するために、東京からはるばるやってきたのだった。

アテンドを務めているムーンランド社の女性研究員は、頭からすっぽりと防護服を被り、プラスチックのフェイスマスクの下には、高性能マスクまでつけていた。少々大袈裟に思うくらいだった。通常のスーツという出で立ちの中森とは大違いだった。

土壌は月の表面を覆うレゴリスを模擬したものだ。月面のレゴリスは、微細に砕かれた岩石、ガラス粒子、繊維状物質、その他ナノレベルの微細粒子などの混交物である。

農作物を栽培するために、月面模擬レゴリスにも改良を加えていたが、それでも乾燥すると微粒子が舞い上がるし、これほど微細だと静電気で服にまとわりついてくる。ガラスハウスに風は吹かないが、人が動くことで微風が生まれ、足元の細かい土が煙り立ち、飛翔して、マスクをしていても鼻と喉をやられた。

女性研究員はマスク越しのくぐもった声で言った。

「月面で実際に農業を行う場合、レゴリスの特性をまったく変えてしまうか、何らかの物質で表面を覆う必要があると思います。宇宙服を着ていても、レゴリスまみれになりますし、機器に付着すれば故障の原因になりますから」

中森はしゃがみ込むと、足元の土壌を少しつまみ、親指と人差し指の間でしごいた。土煙が立ち昇り、やがて霧散した。

中森はまた数回くしゃみをすると、ごほごほと荒い咳をした。一度咳き込むとなかなか止まらない。

女性研究員はフェイスマスクのせいで音が聞きづらいようで、中森が聞いていると思い込んで続けた。

「ネンジュモ属のラン藻を繁茂させることで、農作物の栽培に適した土壌にできるという研究があります。日本ではイシクラゲと呼ばれるラン藻で、食用にすることも可能なんです」

中森が返事をしないので、研究員が振り返った。

「……大丈夫ですか？」

中森は咳がまだ止まらずにいた。喘息(ぜんそく)だと知られるのは非常にまずい。この時期には、特に。

「いや。外へ……」

中森は女性研究員に肩を抱えられるようにしてガラスハウスを出た。

道端に座って安静にしていると、やがて咳が治まってきた。

「レゴリスが肺に入ったみたいだ」

何とかそう言い訳をしたが、女性研究員はいぶかしむような目で中森をうかがった。

「宇宙旅行者はもうじき身体検査と基礎訓練があります。健康管理には気を付けないと……。煙草を吸われたりしていませんか？」

中森が喫煙者であることは有名なはずだが、女性研究員は知らないようだ。

「いやホントに、ただレゴリスが肺に入っただけだ」

中森は強い口調で言い返したものの、心の中では早急に医療機関で診てもらったほうがいいかもしれないと思い始めていた。前に比べて喘息の発作の頻度が高くなり、ひどくなる一方だった。

それで何と言われようとも、何としても月には行くつもりだが。

2

霞が関二丁目、中央合同庁舎二号館、警察庁刑事局刑事企画課の入ったフロアで、小比類巻祐一は、上司の中島加奈子課長から呼び出しを受け、オフィスの隣にある課長室を訪ねた。

ノックをすると、「入りなさい」と低い声が応じた。恐る恐る開けてみると、ヨーロピアンスタイルの部屋が目の前に現れた。訪れるたびに、元の機能的な部屋に戻されているのではないかと期待を込めてドアを開けるのだが、中島課長はこの部屋のインテリアを変える気はないらしい。

中島課長はきびきびとした足取りでデスクを回ってくると、応接ソファの一つにぽんと腰を下ろした。

「さあ、そこにお座りなさい」

祐一は言われたとおり、セピア色の革の張られた高級そうな椅子に腰を下ろした。

祐一はあらためて中島課長の服装を見るとはなしに見た。今日はネイビーブルーのスーツに、グレイのシャツを合わせている。耳には小さなゴールドのピアスが、胸元にも細めのゴールドのネックレスが光っている。嫌味ではない感じでお洒落ではあるが、中島課長はゴールドがお好きなようだ。

「小比類巻さん」

中島課長は祐一の長い苗字を呼んだ。前任者は「コヒ」と略したが、中島課長は仕事には必要のない親密さを持ち込まないようにしているのだろう。

中島課長は祐一をまっすぐに見据えると、祐一のカップにポットで紅茶を淹れながら、少しばかり言いにくそうにして口を開いた。

「実はあなたに頼みたい案件があるんですが……。中森信一郎は知っていますか?」

意外な名前が飛び出してきたことに違和感を覚えながら応じた。

「ええ、名前を聞いたことぐらいならあります」

中森信一郎は若くしてIT企業を立ち上げ、その後会社を売却して、数千億円ともいわれるキャッシュを持つという大富豪で、女優やモデル、各界の著名人との華麗な交友関係でも注目を浴びている男だ。テレビやネットなどのメディアによく露出しており、五年ほど前にムーンランド社に大口出資するようになってからは、同社の広告塔のような役割を果たしている。

ここ数年は特に世間の耳目を引いていた。日本のみならず世界中の視線が彼とムーンランド社に集まっていると言っても過言ではない。

二年前、中森は、宇宙航空研究開発機構(JAXA)と民間のムーンランド社が共同で進めている月面着陸旅行に、日本人初の宇宙旅行者として、恋人で女優の朝倉瞳(あさくらひとみ)と二人で参加すると表明したのだ。月旅行はいまや半年後にまで迫っていた。

中島課長はカップを祐一の手元に置いた。湯気がもうもうと立っていたので、まだ口はつけなかった。

「人類が月へ旅行に行く時代になったんですね。まあ、金持ちの道楽としてはいい使い道かもしれません。それで、中森信一郎がどうかされましたか？」

「中森が警視庁にある捜査の依頼を持ちかけているんですが」

中島課長は困ったという面貌をつくった。

「殺人未遂の被害に遭ったと……。いや、話を聞くに、殺人未遂は大げさで、傷害罪くらいのものではないかと思うんですが……」

祐一は片方の眉根を持ち上げた。

「話がさっぱり見えないんですが……？」

「ええ。中森が言うには、半年ぐらい前から喘息の症状が出るようになったというのです。もともと煙草をやるそうで、その影響かとも考えたそうですが、日に日にひどくなる一方で、一週間前に大学病院で精密検査を受けたら驚きの結果が出たと。肺を検体、検査した結果、火山灰に似た組成の物質が検出されたということです。中森に聞いたところ、それは〝レゴリス〟に違いないと答えたそうです」

「レゴリス？」

寡聞（かぶん）にして〝レゴリス〟という言葉を聞いたことはなかった。

「わたしも知らなかったんですが、レゴリスというのは、月の表面を覆う砂のことだそうです。超微細な岩石やガラス質などの一般的な粉塵（ふんじん）、また、繊維状物質などで構成されているのだとか」

祐一はすっかり困惑してしまった。

「中森はまだ月に行っていませんよね？」

「北海道にあるムーンランド社の研究施設では、月の砂を農作物に適した土壌に変える研究なども行っているのだそうです。将来的に月面基地をつくったり、月への移住を考えているのでしょう。壮大な計画です。だから、中森の肺からレゴリスが検出されるのは不思議ではない、ということなんですが、研究にかかわった社員は他にもいるでしょうし、中森だけが喘息を患うのもおかしい。中森はそう思って、自分が吸っている煙草を検査させました。すると、どうでしょう——」

「レゴリスが検出された？」

「そういうことです」

中島課長が指を鳴らした。小気味のよいぽんっという音がした。

祐一はまるでミステリー小説のような展開に驚いていた。

「誰かが中森の煙草にレゴリスを混入したというんですね。しかし、いったい誰が何のために……？」

「それです。ですから、あなたを呼んだんです。解かねばならぬ謎があれば、ＳＣＩＳ

は出動できるでしょう」

祐一は怪訝に思って慎重に尋ねた。

「ちょっと待ってください。この事案がなぜＳＣＩＳ案件なんです？　中森は警視庁に相談しているようですし、ＳＣＩＳが出る幕はないのでは？」

「ことはそう単純じゃないんです」

中島課長はカップに口をつけると一口飲んだ。苦い顔つきになって続けた。

「今回の月面着陸旅行には、ＪＡＸＡが宇宙船を搭載するＨ３ロケットの開発でかかわっていたり、ムーンランド社が宇宙船の開発でかかわっていたりと、官民が互いに資金を出し合い、技術的に協力し合いながら、新たな宇宙事業を育成していこうという政府側の狙いがあります。知ってのとおり、日本は宇宙開発において、アメリカ、中国、ロシアに対して大きく後れを取ってしまっていますからね」

中島課長の声がだんだんと大きくなっていった。

「かつて冷戦時代に、アメリカがロシアの後塵を拝していたころ、世界のリーダーを目指していたアメリカは、このままでは世界の覇権をロシアに牛耳られてしまうと、アポロ計画を打ち出しました。その後のことは歴史のとおり、アメリカが人類で初めて月面を踏みました。

まあ、何が言いたいかというと、ただ、金持ちがカネにあかして月へ旅行に行くというだけの話ではありません。日本政府としては、この事業は絶対に成功させなければならないし、この成功神話に少しの傷もつけさせてはならない、ということです。ムーンランド社周辺でトラブルがあるのだとしたら、すぐに解決してもらいたいわけですね。それに、レゴリスといった科学的な対象物が捜査に関係しているようでもありますし」

ようやく、中島課長がＳＣＩＳに本事案を任せたいと思う理由が見えてきた。

「なるほど、われわれＳＣＩＳを高く買ってくださっているわけですね。そういうことならわかりました。さっそくＳＣＩＳを立ち上げ、捜査に着手しましょう」

「よろしく頼みます。話は以上です」

祐一は小さく頭を下げると、ソファから立ち上がった。

3

最上友紀子博士に連絡を取ると、いま八丈島のほうにいるということで、案の定、飛行機ではなく、フェリーでまず東京に向かうと主張した。最上の住む八丈島からフェリーで竹芝までならばいい。中森信一郎に会うために北海道広尾郡の小樹町にあるムーンランド社へ向かわなくてはならない。北海道の広尾郡に行くには、通常ならば羽田から帯広までの空路で行くものだが、最上はそれを拒否し、東京から広尾郡まで陸路で向かうと言い張る。これで丸々二日はつぶれてしまう。

「最上博士、ここは一つ勇気を振り絞って、飛行機にチャレンジしてみてはいかがでしょうか？　離陸時は怖いかもしれませんが、水平飛行に入れば、何ともなくなりますよ」

すぐに喧嘩腰の言葉が返ってきた。

「は？　怖い？　勇気？　わたしは飛行機が怖かったり勇気が足りなかったりしてるから、飛行機に乗らないわけじゃないんだけれど……。飛行機が飛ぶ原理については、専門家の間でも意見が分かれていて、決着がついていないという話はしたよね？　飛行機は無理やり飛ばしているんだって話はね？　ベルヌーイの定理について一から説明したほうがよさそうだね？　ベルヌーイの定理というのは――」

最上博士の逆鱗に触れてしまったようだ。ここは退散したほうがいい。

「いえ、けっこうです。では、小樹町でお待ちしております」

祐一は話の途中で通話を切った。

最上博士と会って何から何まで聞いてしまう前に、宇宙開発事業や月面着陸旅行のことを、自分でも少し調べてみることにした。

ものの本によると、世界の宇宙開発の歴史は、大きく三つに分けられるという。最初の時代は、東西冷戦の最中、アメリカとソ連が競って宇宙開発を続けていた時代だ。一九五七年、ソ連によるスプートニク1号の打ち上げに始まり、ソ連の崩壊で幕を閉じる。次は、国際宇宙ステーションの時代で、アメリカ、ロシア、日本、ヨーロッパ、カナダが共同で開発と運用に取り組んだ時代であり、二〇一一年のスペースシャトルの退役がこの時代の終わりを告げた。

いま、国の機関が国家的事業として宇宙開発をする時代は終わりを迎え、多数の多国籍民間企業が参入し、テクノロジーとビジネスとを合体させ、誰もが宇宙を目指すべく、イノベーションを起こし続けている。

日本でも、著名な起業家が、ロケットの会社を持ち、低コストで作製したロケットの打ち上げ実験を行ったりしている。昔に比べれば、信じられないほど安い値段で、いまはロケットがつくられるのだ。ムーンランド社はその筆頭格であり、今回の月面着陸旅行で使われる宇宙船の製作を担っている。

祐一はオフィスの窓辺に立ち、昼間の空を見上げた。

白く淡い月が出ていた。国際宇宙ステーション（ISS）もどこかに見えるだろうか。見えないだけで、金星も木星も、他の星々も輝いているのだろう。

いまこの瞬間にも信じられないほどの数の衛星が地球の軌道上を回り、地球を発った宇宙船が宇宙空間を飛行して、他惑星の地を探査しているのだ。

宇宙にロマンを感じる気持ちはわかる。顕微鏡で細胞を覗き、心をときめかせるのと同じだ。よくわからないのは、たくさん宇宙にロケットを飛ばして、それで何になるのか、ということだ。

宇宙にいったい何を求めているのか？

たとえ、地球規模の天変地異がやってきて、地球が居住に適さない惑星になったとしても、だからといって、月や火星に移住できるものなのか？

なぜ、人類は宇宙を目指すのか？

根本的な謎がわからないままだった。

「それぐらいの謎は、最上博士のために残しておこう」

祐一は独り言ちた。

最上を待つ間、SCIS実働部隊の長である、警視庁捜査一課の第五強行犯殺人犯捜査第七係の長谷部勉警部に連絡を取り、事の経緯を説明した。長谷部もまた本事案をSCISが捜査をするべきなのかと疑問を口にしたが、警察庁刑事局の課長からの下命であるからには、背くことはできなかったし、むしろ積極的にやりたがっていた。

「やろう、やろう。何度も言うが、おれはもう普通の殺人事件にはうんざりしてるんだ」

捜査一課の刑事にあるまじき発言はさらりと聞き流した。

「ムーンランド本社は北海道にあるので出張になります」

「いいねー。出張好きだ、おれ。北海道かぁ、いまの季節、何が旨いんだろうな」

長谷部は出張とグルメ旅を勘違いしているのではないか。

「そうそう、コヒさん。森生はね、今回役に立つと思うんだよ。森生の宇宙オタクぶりには最上博士もびっくりすると思うぞ。ていうか、宇宙関連はさすがに最上博士も専門外だと思うし」

翌日、祐一と長谷部、そして、玉置孝巡査部長、山中森生巡査、江本優奈巡査の一行は、羽田から帯広へ、約一時間四十分の空の旅を過ごし、陸路で北海道の南部、広尾郡小樹町までやってきた。最上はその日の夜に、東京の竹芝桟橋に到着し、そこから電車を乗り継いで、北海道まで向かうことになる。到着するのは明日の昼過ぎになっているだろう。長谷部たちがせがむので仕方がなく、祐一はその日の夜は蟹を食べた。かなりの痛い出費になってしまった。中島課長が激高(げきこう)するさまが目に浮かぶようだった。

あくる日の午後一時、小樹町の役場前で待っていると、目の前にタクシーが一台止まり、最上博士がさっそうと降りてきた。眉の上できれいに切り揃えられたおかっぱ頭は相変わらずで、胸元にきらきらしたハートの付いたデコTシャツを着て、デニムのホットパンツという出で立ちは、小樹町では異様なほど目立っていた。博士はピンクのキャリーバッグを引き、左腕に赤いトートバッグを掛けていた。

最上は一同の姿を認めると笑顔になった。

「祐一君に、ハッセー、それからタマやん、優奈ちゃん、森生も、お待たせ！」

「最上博士、今回もよろしくお願いいたします」

「よう、ユッキー、よろしく！」

祐一はかしこまって、長谷部はフランクにあいさつし、玉置たちも続いてあいさつした。

祐一は近くでレンタカーを二台借りた。祐一の乗る車には、運転席に森生、助手席に長谷部が乗り込み、後部座席に祐一と最上が並んで収まった。玉置と優奈はもう一台のほうに乗った。二人には今回、別に動いてもらうことになっていた。

ムーンランド本社へはここから三十分ほどだという。左右に緑の林が延々と続く道を二台の車はひた走った。

最上はトートバッグから何やら取り出すと、三人に配り始めた。

「はい、ういろう。祐一君と森生には抹茶味、ハッセーには桜葉の香るピンクのういろうね」

「……ありがとうございます」

「お、いいねー。女子力高まりそう」

「あざーす！　主任、女子力なんて高めてどうするんですか？」

三人は感謝しながら口々に言い合い受け取った。森生はすぐに包みを破くとかぶりついた。運転しながら「うまっ！」と食べている。

「おい、運転しっかりしろよ。……うまっ」

長谷部もすっかり道中を楽しんでいるようだ。

祐一も一口食べてみた。ひんやりとして、抹茶のほのかな香りと甘みが口の中に広がる。久しぶりにういろうを食べたことを思い出した。

長谷部がムーンランド社について調べてきたことを話した。

「ムーンランド社は十五年前に、CEOの若松雅夫が設立した会社だそうで、五年前に、中森が大口出資して経営に参画することになったらしい。非上場会社ということだから、株式は若松と中森の二人がほとんどを所有しているんだそうだ」

「非上場会社というのは意外ですね。中森がメディアに顔を売ることで、株価を上げているんじゃないかと思っていました。アメリカの大企業のCEOはよくマスコミに登場しますからね」

「まあ、これから上場を目指すのかもしれない。宇宙船の製作からレゴリスとかいう月の砂の研究まで、いろいろ研究の対象を広げているようだしな。ムーンランド社についてはタマやんと優奈たちにも調べてもらう」

「お願いします。今回の事案は殺人事件ではありませんが、日本が威信をかけている月面着陸旅行の評判を左右しかねないですからね。そうそう、長谷部さんからうかがいましたが、森生さんは宇宙に詳しいんだそうですね？」

祐一は軽い感じで尋ねたのだが、すぐに後悔することになる。

運転席から声が聞こえた。

「一九六九年七月二〇日、アポロ11号の月着陸船〈イーグル〉が、月の表側の〈静かの海〉に着陸し、ニール・アームストロングとエドウィン・オルドリンが、人類で初めて月面に降り立った。以降、アポロ計画は計六回の月面着陸に成功している。一九七二年に同計画が終了して以降、人類は月面に降り立っていない」

「森生？」

豹変（ひょうへん）したようになった森生の名を長谷部が呼んだが、森生は何かのスイッチが入ったように続けた。

「アポロ11号の月面着陸から五〇年の節目にあたる二〇一九年三月二六日、アメリカのペンス副大統領が国家宇宙会議の席で、〝アメリカは五年以内に、アメリカの宇宙飛行士を月面に戻す〟と宣言した。よって、いま現在は宇宙世紀元年ともいえる時代である」

「ガンダムのナレーションのような声色はやめろ」

「うわぁ、森生って宇宙のこと、すっごく詳しいんだね！」

最上博士が興奮して身を乗り出している。

長谷部が振り返り、シート越しに祐一の顔を見て、にやりとした。なるほど、長谷部が宇宙オタクだと言っていただけのことはあるようだ。

祐一は宇宙事業について少し調べたことを話した。

「アメリカは、アポロ計画のころはソ連と争っていましたが、いまは敵が違って中国と争っているんでしょう？　アルテミス計画でしたっけ？」

「イエス。世界各国のリーダーたちはみな、宇宙というフロンティアへの進出は、世界のリーダーの証だと思っています。中国は、二〇一三年に、月探査機〈嫦娥（じょうが）3号〉が月面に着陸し、アメリカとロシアに続く、月面着陸に成功した三番目の国になりました」

最上は細長い魔法瓶と使い捨ての紙コップを取り出した。

バックミラー越しに、目ざとく気付いた長谷部が口を開く。

「お、気が利くね。お茶？」

「コーラ。いる？」

「絶対いらない……」

「ください」

森生は最上からコーラをもらい、ういろうの残りを呑み込み、続けた。

「オバマ大統領は、宇宙開発や国際社会におけるアメリカのリーダーシップといった問題への関心が低かったですが、トランプ大統領は、国際社会のみならず、宇宙開発においてもアメリカが強力なリーダーシップを執るべきだって考えていました。続く、バイデン大統領もアルテミス計画を支持していますね。現代は軍事でも経済でも宇宙でもあらゆる領域においてアメリカと中国の新冷戦の時代だっていって過言ではないです」

長谷部が感心しながら言った。

「森生、おまえ、普段からその調子で発言していれば、たぶん出世も早いぞ」

最上が目を輝かせて言った。

「へー。おかげで、宇宙がぐっと近づいてきたなぁ。わたしたちが生きているうちに、気軽に宇宙旅行ができる時代が来たんだね」

宇宙開発の仕事は、最上博士の知的好奇心を大いに刺激するらしい。最上は宇宙に行きたいのだろうか。いや、そんなはずはない。飛行機を怖がる人が、宇宙旅行に行きたがるわけがないではないか。

長谷部が冷やかすように言った。

「でも、博士は飛行機にも乗れないんだから、宇宙船にだって乗れないいんじゃないのか？」

最上の代わりに森生が小ばかにしたように鼻を鳴らした。

「主任、勘弁してくださいよ。飛行機が飛ぶ原理とロケットが飛ぶ原理の違いを理解していないとしか思えませんよ。飛行機は翼の揚力で飛びますが、ロケットは作用反作用で飛ぶんですからね」

「そういうこと。だから、わたしはロケットには乗ることはできるの」

「森生、やっぱおまえは出世遅そうだわ」

道中をずっと彼らのペースでおしゃべりさせるわけにはいかない。祐一は事件にかかわる事柄について質問することにした。

「最上博士、今回の事案についてです。ムーンランド社の中森信一郎はもともと喫煙者だったんですが、半年ほど前に喘息の発作が出て、日に日に症状が悪化したため、大学病院で肺の検体検査をしてみたところ、レゴリスの成分が確認されたというんです」

「ああ、レゴリスですか」

案の定、すぐに反応したのは森生だった。

「月の砂ですよね。岩石やガラス質の粉塵、繊維状物質といったものの混合物ですよ」

長谷部が森生に尋ねた。

「でも、砂だろ？　気管支のほうまで吸い込んでしまうほど小さいのか？」

「そもそもレゴリスとは、月の表面を覆う細かな砂のことです。砂浜の砂よりもずっと細かい、平均直径〇・一ミリメートル以下の、小麦粉と同程度のサイズの粉のような砂です。月には大気がありませんよね。だから、一ミリメートル以下の小さな隕石でも、大気で燃え尽きることなく、秒速一〇キロメートル以上の速度で地表に落ちてくるわけです。すると、月面の岩石は大小の隕石に粉々に砕かれて、そのうち細かな粉のような砂になる。それがレゴリスです。宇宙服や観測機器に静電気でくっついてくるほど微細なんです」

「おまえ、ホントに森生か？」

長谷部がいぶかっている。

最上が口を添える。

「そういえば、中国では黄砂が飛翔してくる地域に住む住人は慢性閉塞性肺疾患（COPD）になる確率が高いというから、レゴリスの中でもナノサイズのものを吸引したことで、気管支喘息になるってことは十分に考えられることだね」

祐一は続きを話すことにした。

「それで、そのレゴリスは、確かにムーンランド社で研究開発を行っている代物なんですが、研究員も多くいるなかで中森だけレゴリスで喘息にかかるのはどうもおかしい、それで、中森は自分の吸っている煙草もまた検査させたんだそうです。そうしたら煙草にレゴリスが入っていたそうです」

長谷部がいたって軽い調子で言った。

「それなら、犯人捜しなんて簡単だろう。中森に近い人間、中森の煙草にレゴリスを仕込めるほど近い人間が犯人に決まってるじゃないか」

「ええ、その簡単な事件を解決することが、今回われわれＳＣＩＳが中島課長から仰せつかった任務です。まず、小樹町の病院で治療を受けている中森から話を聞ければと思います」

事件の解決は簡単そうだということで、車の中は和やかな空気だった。

4

祐一と長谷部、最上、山中森生の四人で小樹町にある病院へ向かった。中森は都心の大学病院で治療を受けたあと、小樹町の病院で治療を続けていた。

中森はロビーの待合室で待っていた。患者衣姿ではあるが、いたって健康そうに見えた。短めの頭髪はブラウンに染められ、短い顎髭を生やしていた。左耳たぶには大粒なダイヤのピアスが輝いている。四十二歳には見えないほど若々しくおしゃれである。

祐一たちが警察の人間で東京から来たと告げると、中森は「それは大変でしたね。お疲れでしょう」などと、ねぎらいの言葉をかけてくれた。ミーハーな森生などはそれだけで舞い上がってしまっていた。

ロビーにいる患者たちはほとんど後期高齢者ばかりで、盗み聞きをするようには思えなかったが、祐一たちは中森の個室に場所を移すことにした。ＶＩＰ用と思われる大きな部屋だった。

中森は椅子を持ってきて座った。祐一たちも椅子を勧められたが、最上だけ腰を下ろした。

ベッド脇のテーブルを見やると、煙草の箱が置かれているのに気づいた。

祐一の視線に気付くと、中森は恥ずかしそうに頭を掻いた。

「これぱっかりはやめられなくてね。でも、この煙草は大丈夫ですよ。ここで自分で買ってから、誰にも触らせてないですから」

「中森さんの煙草にレゴリスが混入されていたとうかがいました」

「ええ、そうです」

中森は怒りを思い出したように声を荒らげた。

「これは立派な殺人未遂ですよ！　気づかないで吸い続けていたら、肺気腫とかになって、最悪死んでいたかもしれない。立派な殺人未遂です」

「犯人に心当たりはありますか？」

中森は荒い息をつくと悲しげにかぶりを振った。

「それがね、ありすぎて困っているんです。ぼくは物おじせずにズバリと物を言うタイプなんで、そもそも敵をつくりやすいんですよ。それに、ぼくが死んで得をする人間はたくさんいますからね。何だか誰も信用していないようで嫌ですが、誰も彼もみんな疑わしく思えるんですよ」

中森は疑心暗鬼になっているのかもしれなかった。

「あなたの煙草に簡単にレゴリスを仕込める人間は誰ですか?」

「誰でも可能ですよ。自宅はもちろん、車の中や会社の会議室、店のテーブルの上など、あちこちに煙草を無造作に置くから、犯人はいつでもどこでもレゴリス入りの煙草とすり替えようと思ったらできますよ」

長谷部がメモ帳を取り出して尋ねた。

「もう一度、疑わしい人たちを教えてください」

「家族、親戚、友人……、いや、それ以上に疑わしいのは、会社の人間と恋人たちかな」

「恋人たち……」

祐一はすぐに、ニュースなどで取り上げられていた、中森の華麗な交友関係を思い出した。恋人の二人や三人いてもおかしくはないだろう。

「ふふふ、ふふふふ……」

最上は奇妙な笑い方をした。

「祐一君、わたしってば、もうすでにしてこの事件を解決してしまったかもしれないよ」

「待ってました！　さすが最上博士」

長谷部がすかさず茶化した。

「ほう、どんなふうに解決されましたか？」

祐一が真面目に尋ねると、最上は流暢に語り始めた。

「中森さんが、半年後に予定している月旅行ね、それで使われる〈ムーンウォーカー〉って呼ばれる宇宙船の搭乗人員は四人なんだけど、そのうち二人は熟練の宇宙飛行士で、宇宙旅行者は二人しか乗れないのね。すでにその二人の搭乗者は決まっていて、中森信一郎さんと、女優さんでパートナーの朝倉瞳さんというメンツなのね」

「ええ、知っていますが、それで？」

「これはね、あまり表沙汰になってはいないけど、月旅行はとっても貴重な機会だから、二人に万が一のことがあったときのためにと、二名の予備の宇宙旅行者もまた決まっているのね。その人たちもまた宇宙旅行のために必要な身体検査や基礎訓練を受けているのね。で、中森さんは喘息になっちゃったでしょう。宇宙旅行者は心身ともに健康であることが厳格に決められているから、だからもう中森さんは月には行けない」

ぴしゃりと言い切られ、中森は憮然とした顔をしたが、何も反論しなかった。そのとおりだからだ。

「となると、一つ席が空くよね。予備の二人のうちの一人が繰り上がって、今度の宇宙旅行者になるよね」

最上はそこで異様に目を輝かせた。

「わたしが予備の宇宙旅行者だったら、何らかの手段で本決まりした一人を行かせないように画策するかもしれないなぁ。な〜んちゃって……」

「くそぅ、そういうことだったのか！」

中森が怒りで顔を歪めて毒づいた。

長谷部が誰にともなく尋ねた。

「その、予備の旅行者って誰なんだ？」

中森が怒りをまき散らしながら言った。

「西川加奈と田口愛実ですよ。あいつらただじゃおかないぞ」

「誰、それ？」

森生が勢い込んで答えた。

「知らないんですか、有名なグラビアアイドルとモデルですよ！」

祐一は中森に確認を求めた。

「西川加奈と田口愛実はあなたの恋人ですね？」

「ええ、まあ、そういうことです」

「何てうらやましいんだ！」

「ホントっすよ」

長谷部と森生がそう口をそろえてから、ばつが悪そうにした。

最上が細い顎に手を添えて考えながら言った。

「だから、こういうことじゃないかな。中森さんは、三人の恋人の中から朝倉さんだけを選んじゃった。だから、他の二人の恋人が〝ちょっと待ってよ。何でわたしじゃないのよ！〟って怒っちゃった。〝わたしだって月に行きたい！　世界の注目を浴びたいわ！〟って思った誰かさんが、激怒して中森さんを宇宙に行かせないようにと、煙草にレゴリスを混入したってことじゃないかなぁ」

聞いているだけで、ぞっとする話だった。

長谷部が確認を求めて最上に尋ねた。

「というと、西川加奈と田口愛実のどちらかが、中森さんの煙草にレゴリスを仕込んだかもしれないと？」

「そういうこと」

中森は大きくうなずいた。

「十分にありうる話だ。あの二人はどちらもおれの家には何度も来てるし、おれもあっちの家にも行っている。ムーンランド社にもたびたび訪れて、レゴリスの土壌を見せてやったこともあるからな。絶対に許せない！」

中森はすでに犯人はその二人のうちの一人に決まったというように息巻いていた。

5

続いて四人が向かった先のムーンランド本社は、広大な森を切り開いた一画にあった。

周囲にはいくつもの巨大な倉庫が建ち並んでおり、それらすべてがムーンランド社の所有する工場だという。近代的なインテリジェントビルでも建っているのかと思っていたが、宇宙開発事業を担う最先端科学に携わる会社は町工場のようだった。

平べったい低層の本社ビルに入り、一階の受付で来意を告げると、パンツスーツ姿のやり手そうな女性が現れた。愛想のよい笑顔で「広報担当の佐伯です」と名乗ると、CEOの若松は工場のほうにいると言い、祐一たちを組み立て工場の一つへ案内してくれた。

ビル十階分ほどはありそうな巨大な空間に足を踏み入れると、祐一たちは感嘆の声を上げた。あちこちに用途のわからない大きな機器や金属の部品が置かれ、二台の中型クレーンが動いており、近未来の工事現場のような雰囲気だった。安全ヘルメットにつなぎ服を着た作業員が、それらを相手に格闘しているところである。

祐一たちの足は自然と中央に鎮座する、黄金に輝く物体のほうへ向かった。

バクテリオファージと呼ばれる、細菌に感染するウイルスがある。頭部にとんがりのついた六角柱の本体から、大地にしがみつくような六本の脚が生えた、別の星からやってきた侵略者のような形状をしているのだが、黄金に光り輝くその物体はバクテリオフアージに形状がよく似ていた。

佐伯がそのバクテリオファージを指差した。

「あれが、ムーンウォーカーです」

宇宙旅行者が乗り込む宇宙船部分だ。

「宇宙船が宇宙へ飛び立つには、まず打ち上げるためのロケットが必要になるんです。アメリカのスペースシャトル、ロシアではソユーズが有名で、日本では、H－Ⅱ、H3のロケットがよく知られています。ロケットは、第一段ロケットと二本の固体ロケット・ブースター、そして、上段ロケットから構成され、上段ロケットに宇宙船が結合される構造になっています」

佐伯はそらんじているようにすらすらと続けようとしたが、なぜかそのあとを森生が奪ってしまうのだった。

「第一段ロケットと固体ロケット・ブースターが点火され、発射台を離れると、数分で固体ロケット・ブースターが燃え尽き、間もなく第一段ロケットも燃焼を終了させ、分離され、太平洋に落下します。この時点で地球周回軌道に到達している宇宙船と上段ロケットは、エンジン噴射により、月への軌道へ入り、上段ロケットが切り離されて、宇宙船だけが月へと向かいます」

　佐伯は笑みを浮かべた。

「そうです。今回の月面着陸旅行は官民共創の大型プロジェクトで、ロケット部分はＪＡＸＡのパートで、宇宙船をわが社がつくっているんです」

　長谷部がムーンウォーカーを指差して聞いた。

「あれだけが月の表面に着陸するんですよね。ロケット部分は切り離しちゃうんでしょう？　素朴な疑問ですが、じゃあ、どうやって月から地球へ戻ってくるんです？」

　佐伯は質問を受けて嬉しそうに応じる。

「よく受ける質問です。宇宙船というのは、月着陸船、司令船、機械船の三つのパートからなるんですが、月を離れるときは、機械船部分がロケットの役割を果たします。月の重力は地球の六分の一ですから、推進力もその分小さくて済むんですよ」

「なるほど、長年の謎が氷解しました」

　最上がスマホを取り出して、「撮影してもいいんだよね」などと勝手に撮影をしようとしたところ、佐伯に「ダメです。この研究所内にあるものは基本的に企業機密なので」と制止されていた。

長谷部が感心しながらも、興味のなさそうな口調で尋ねた。

「素朴な疑問なんですが、それにしても、何のために宇宙に行くんです？　やっぱり、その、宇宙にはロマンがあるからですか？」

佐伯はくすりと微笑んだ。

「世界における宇宙関連事業への投資額がどのくらいかご存じですか？」

「さあ……」

「一兆円を超えているんです。二〇一四年には五〇〇〇億円程度だったんですが、急激に宇宙関連事業への投資家の関心が増大しているんです。ロマンだけに投資家が一兆円以上ものおカネを投じたりはしませんよ」

長谷部は決まりが悪そうに頭を掻いた。

「まあ、そうでしょうね……。では、いったい宇宙に何があるんです？」

それは祐一もぜひとも知りたかったことで、最上に聞こうとしていたことだ。

佐伯が、よくぞ聞いてくれました、というように勢い込んで言った。

「宇宙旅行や宇宙ホテルといった観光ビジネスもあるとはいえ、実際のところ、宇宙に何かがあるんじゃないんです。逆です。実は――」

「地球だよね？」

今度は最上が口を突っ込んできた。

「よくご存じで……」

「コンステレーション構想はわたしも知ってるんだ」

最上はにこにこしている。自分の知っていることは口を挟まないではいられないらしい。

「ええっと、わからないんで、説明をお願いします」

長谷部が佐伯に続きを促した。

「はい。コンステレーションとは〝星座〟という意味で、まるで闇夜の空に浮かび上がる星座のように、軌道上に多数の小型衛星群を展開させます。その数は、たとえば一万とか二万という数で、地球を丸っと包み込むように網状に隈なく配置させて、地上を常時モニタリングできるようにするわけです」

「スケールのでかい話ですねぇ」

「はい。そうして得られるデータは〝地球ビッグデータ〟って呼ばれています。地球ビッグデータは、気象だけではなく、農業や林業や水産業、もちろん、軍事の分野にも使われます。さらには、金融の業界をがらりと変えるほどの可能性も秘めているんです」

「へぇ、最近はどこでもビッグデータなんですねぇ」

長谷部が感心して応じた。

「もちろん、宇宙そのものにも何かはありますよ」

後ろから大きな声が割って入った。

振り返ると、冴えないスーツに身を包んだ男が立っていた。CEOの若松雅夫だ。刈り込んだ短髪に黒縁の眼鏡をかけて、神経質そうな目をしている。組織を束ねるCEOというよりは、優秀そうな技術者といった雰囲気だった。

祐一はあいさつをした。

「警察庁の小比類巻です。こちらは、警視庁の長谷部警部、その部下の山中巡査、そしてこちらが――」

「元帝大のユッキーです」

最上博士は殊勝(しゅしょう)にも頭を下げて見せたが、そんな自己紹介の仕方では、学生に思われたに違いない。

若松は堂々とした感じで続けた。

「巷では現代は月へ旅行に行く時代だとみなさん思っているようですが、違うんです。現代は月に月面基地を建設する時代にもう入っているんです」

「えっ、月面基地ですか？」

長谷部が驚いて尋ねた。

「そうです。大航海時代にヨーロッパ人が新大陸を目指していたように、来る大宇宙航海時代に向けて、人類が外宇宙を目指すその足掛かりとして、地球からもっとも近い距離にある月に、人類は生活と仕事をする基盤となる基地をつくらなければならないんです。月には人類が火星、木星、土星へと活動の場を広げるための資源が眠っていますからね」

長谷部は若松の話にすっかり圧倒された様子だった。

「人類が月に住む時代ですかぁ。おれが子供のころには夢にも思わなかった時代ですね」

「ええ、月に住むためには移動するためのロケットをつくらなければならないし、月に居住するための住居もつくらなくてはいけない。また、生活するには食料も必要です。わが社ではそれらすべてをつくろうとしているんです」

「さすがムーンランド社ですね。まさに社名のとおりってわけだ。すごいもんですねえ」

長谷部が感心している隣で、最上が興奮気味に言った。

「月どころか、人類は火星にも植民地をつくる気でいるよ。ＳｐａｃｅＸ社ＣＥＯのイーロン・マスクは人類という種の存続のために、火星に人類を移住させるって息巻いているもんね」

若松はイーロン・マスクに対抗するかのように鼻で笑うと続けた。

「まあ、火星は遠いですからね。まだ先のことになるでしょうが、月面基地はここにいる全員が生きている間に、建設が始まり、人類が生活し始めるでしょう」

すっかり話に呑まれた長谷部が聞く。

「人類が月で生活するためには、そもそも空気が必要になりますよね？　空気をいったいどうするんですか？」

「月の表層には約八〇億人の人類が一〇万年生き抜くのに十分な酸素が存在するといわれているんですよ」

「ええっ!?　莫大な量の酸素があるんですか？　でも、いったいどこに？」

「レゴリスです」

「また、レゴリス……」

「レゴリスには、シリカ、アルミニウム、鉄、酸化マグネシウムなどの鉱物が含まれていて、これらの鉱物はすべて酸素と結びついていますから、これらを電気分解してやることで、酸素を主産物として抽出することができるんです。だいたい一立方メートルのレゴリスには平均一・四トンの鉱物が含まれており、そのうちの六三〇キログラムを酸素が占めています。一人の人間が生きるには一日に八〇〇グラムの酸素が必要とされているため、一立方メートルのレゴリスから酸素を抽出できれば、一人の人間が約二年間は生きられる計算になります。

その他にも、レゴリスはコンクリートの原料にもなりますし、レゴリスを土壌利用すれば農作物を育てることもできます。まさにレゴリスには無限の可能性が眠っていると言っても過言ではないんです」

長谷部は何かを思いついたようでにやりとした。それはよくない傾向であると祐一は知っていた。案の定だった。

「レゴリスの土壌利用ですかぁ。月や火星の土には養分がないんですよね。映画『オデッセイ』で、火星に一人取り残された主人公が、食料の確保のためにジャガイモを栽培するシーンがありましてね。そこで養分として使っていたのが、宇宙飛行士たちの──」

「その話は結構です」

祐一もまたその映画を見ていたので、話が変な方向に行く前に止めた。

森生が話に口を突っ込んできた。

「ムーンランド社の可能性も無限ですよね。ムーンランド社の株があったら、おれ買います！」

「こらこら、森生」

「うちは株式上場は当面しないつもりです。資金は主に銀行からの融資で賄ってましてね」

「そうなんですか。でも、それで世界の強豪と伍して行けるんですか？　いまって、世界各国は月への進出を競い合ってますよね。レゴリスの開発も各社の競争がすごいって聞きますよ」

「ええ、そうですね」

若松の表情が心なしか気色ばんだ。

そんなことに気づかない森生は続けた。

「たとえば、中国は世界でもっとも月探査を推進している国の一つで、二〇二〇年に月探査機〈嫦娥5号〉の打ち上げに成功しました。月面の物質を持ち帰るサンプルリターンを成功させましたが、アメリカ、旧ソ連に続いて三カ国目、四十四年ぶりになります。アメリカに対抗できる宇宙強国を目指していて、二〇三〇年をめどに月面基地の建設に着手して、三五年までに資源調査や大規模な技術開発を実施する計画だということですよ。それから、三六年から四五年に総合的な基地を建設し、ウランやレアアースなどの地球では希少とされる資源開発にも乗り出すということですよ」

長谷部が感心と羨望のこもった息を吐いた。

「はぇ〜、中国っていまホント進んでるんだなぁ。いつから日本は追い越されちまったんだ……」

若松が抗議するように言った。

「いえいえ、追い越されたつもりはありません。ことレゴリス開発ではわが社は海外企業より頭一つ分はリードしていますからね」

若松には自社が月面開発企業としては世界一だという自負があるのだろう。

愚かにも森生が火に油を注ぐような発言を続ける。

「レゴリスの開発でも中国は進んでいるそうですよ。中国の宇宙関連開発企業の桃花(トウファ)はレゴリス開発でも有名で、レゴリスでつくられるコンクリートの開発やロケットの推進剤になる水を生み出す研究なんかを行っていますね」

若松が毛虫を嫌うような顔つきになって言った。

「桃花はわたしもよく知ってますが、いろいろと杜撰(ずさん)な企業ですよ。コンクリートの開発では、従業員に十分なレゴリス対策を怠り、レゴリスによる肺疾患のために、死傷者を出したという噂があります」

「えっ、そんな話、聞いたことないですよ」

「あの国は、都合の悪いことは何でももみ消すんで有名ですからね」

長谷部がさもありなんとうなずいた。

「中国はいま新疆(しんきょう)ウイグル自治区で人権侵害を行っていると、世界中から非難されているだろう。あれも新疆ウイグル自治区には膨大な量の石油や天然ガス、レアメタルといった鉱物資源があるからで、もしも同自治区の人々が中国から独立したら、彼らがそれらの資源を独占することになるからな。だから、中国は同自治区の人々を弾圧しているんだよな。まあ、すべてはカネのためなんだな。中国は地球でも月でも覇権を握りたいんだろう。すべてはカネのために……」

若松がわななく唇で言った。

「そのとおりです。これ以上、中国の後塵を拝するわけにはいきません。これから日本が巻き返すんです。中森さんが急遽入院されることになってしまいましたが、中森さんには快復してもらって、ぜひとも月面に行ってもらわなくては……」

若松はそこで祐一のほうを向いた。

「ところで、警察の方がどのようなご用件ですか？」

「ついつい雑談が長くなってしまいました」

祐一は遅まきながら本題に入ることにした。

「中森信一郎さんが喘息にかかられた件ですが、ご自分の煙草に何者かがレゴリスを混入したために、喘息になったと訴えています。これは殺人未遂であると」

「殺人未遂⁉　それはおおごとですね。しかし、いったい誰がそんなことを……？」

若松は驚いて素っ頓狂（すっとんきょう）な声を出した。

「それはまだわかりません。実際のところは傷害罪が適応されるケースではありますが、立派な犯罪ではありますから、われわれが捜査に着手したという次第なんです。そこで、おうかがいしたいんですが、中森さんに恨みを持っていたような人物はいませんか？」

「恨み……」

「あるいは、トラブルを抱えていたとか」

若松はすぐに何かを思いついた顔つきになった。

「マスコミでも一時騒がれましたが、二年前、中森が月旅行には恋人の朝倉瞳を連れて行くとマスコミに発表したとき、他にも密かに付き合っていたタレント二人が激怒して、マスコミに中森との交際をバラしたことがありました」

「グラビアアイドルの西川加奈とモデルの田口愛実ですね？」

「ええ。中森は二人に月旅行の控え旅行者としての権利を与えていますが、西川も田口も納得していないでしょうね。誰だって、月に行きたいですよ。世界中の注目を浴びますしね」

「月旅行の席をめぐって、中森さんと二人の愛人の間で醜い争いが起こっていたかもしれないと？」

「それはありうると思います」

最上は自分の推理がまるで当たったかのように、大げさなガッツポーズを取っていたが、誰も視界の端ではとらえていながらも、何も言ってやらなかった。

若松は懇願するような口調になって言った。

「こんなことが公になったら、国家の威信を懸けた月面旅行計画が台無しになってしまうかもしれません。何とか秘密裏に解決していただくことはできないでしょうか？」

長谷部が同情するように応じた。

「わかりますよ。われわれもそのつもりで動いてますからね。ご協力お願いしますね」

若松は大きくうなずいていた。

6

夜は小樹町にあるひなびた感じの旅館にそれぞれ宿泊した。長谷部と森生は二人で外食をしているに違いない。最上博士も一緒だろうか。今日は何を食べているのだろう。

そういえば、玉置と優奈はどうしただろう。二人一緒だが、大丈夫だろうか？

どうでもいいことだと、祐一はかぶりを振った。

畳敷きの部屋で襖の壁に囲まれ一人になると、祐一は小さな木製のテーブルにノートパソコンを置き、東京の町田にいる母の聡子と娘の星来とZOOMでやりとりをすることにした。

最初に星来が「パパ！」と呼びながら母のパソコンの前にやってきた。

「やあ、星来。いい子にしてるか？　いま何してるんだ？」

「テレビ見てる。ワイドショー番組、ばあばが、わたしもニュースを見ないとダメだって……」

星来の隣で、母がソファに座ってテレビを見ているようだ。

祐一はリモコンでテレビの電源を入れた。ワイドショー番組を探してザッピングした。

「お母さん、中森信一郎の月旅行の話はワイドショーで流れましたかね？」

星来の肩越しに母が顔を覗かせた。

「いいえ、今日はそんなニュースは流れてないと思うけど。中森信一郎が月に行くのは半年後でしょう？　月旅行がどうかしたの？」

「いえ、ちょっと月旅行に興味がありましてね。なら、いいんです」

心配していた事態にはなっていないようだ。中森信一郎が煙草にレゴリスを注入され、殺害されそうになったなどという報道が流れてやしないかと恐れたのだ。

ひょっとしたらマスコミの一部には知られているかもしれないし、遅かれ早かれ中森が月面旅行に行けなくなったと発表すれば、マスコミはその理由を突き止めるに違いないが、いずれにせよ中島課長が情報統制をするに違いなかった。

当然ながら仕事のことは家族にも内密なので、母も星来も祐一が本事案にかかわっていることは知らない。

「パパ」

星来の声が現実に引き戻した。

「うん、何だい？」

「星来ね、お月様に行きたい」

「お月様って遠いんだよ。知ってるのか？」

「どのくらい遠いの？」

「どのくらい？」

最上博士なら即答できるのかもしれないが、星来に向かって物理的な距離を答えたところで意味がないだろう。

「相当に遠いよ。お月様は見たことあるだろ。あそこまでロケットで行くんだから、遠いんだよ。でも、これからの時代は簡単に行き来できるようになるかもしれないな。星来は行けるだろうね」

「わーい。星来、お月様に行けるんだ！　そうしたら、お月様でママに会えるかな？」

ずいぶん前に、ママはお星さまになったんだと話したことがある。星来はまだ月と星の違いがあまりよくわかってないのかもしれない。

祐一は返答に困った。

「そ、そうだね。いつの日か、会えるかもしれないね」

「わー、星来、ママに会えるんだ！　早くママに会いたいなぁ！」

星来の満面の笑みを見ると、胸が張り裂けそうになった。

母が星来に聞こえないよう場所を移動した。心配そうな顔で祐一をにらみつけた。

「ねえ、祐一。そんな出鱈目なことを星来ちゃんに言っていいの？　もう星来ちゃんも六歳なのよ。小学校に上がったんだから、おかしなことを教えると、学校でいじめられるわよ」

「そ、そうですね。気を付けます。今日は疲れましたんで、そろそろ寝ることにします」

「ほら、自分の旗色が悪くなるとすぐそうやって逃げるんだから」

母親はまだ何か言っていたが、無視だ。祐一はやりとりを終えると、服を脱いでバスルームへ向かった。

7

翌日、一同は小樹町を発ち、東京へ帰還した。中森の三人の愛人、朝倉瞳、西川加奈、田口愛実から事情を聴取するためだ。三人には警視庁にまで来てもらうことになっていた。ちなみに、最上博士は陸路で東京へ戻ってくるので、遅れてくるだろう。玉置と優奈はまだ北海道に残って、ムーンランド社の関係者からの聴取を続ける予定である。

中森の愛人三人の聴取を担当するのは、祐一、長谷部、森生だ。三人の愛人たちには空いている会議室へそれぞれ入ってもらい待たせていた。

最初は、朝倉瞳からだ。年齢は三十一歳。職業は女優である。時には〝セレブ女優〟

と呼ばれることもある。父親が大企業を一代で築いた大富豪であり、朝倉瞳自身もおカネはふんだんに持っており、投資家を自称することもある。中森信一郎とは金目当てで付き合っているわけではない、おそらく金持ち同士ウマが合うのだろう。

朝倉瞳はここまでマスコミを避けてきたようで、キャップを目深にかぶり、黒髪を後ろに結い、ほぼノーメイクではあったが、純和風の顔立ちをした美人であることが十分によくわかる。Tシャツにデニムパンツという軽装ながら、女優としてのオーラを感じさせた。ふと気付いたのは、Tシャツの胸ポケットが膨らんでいたことだ。煙草の箱が入っていた。朝倉瞳も喫煙者のようだ。

一同は会議テーブルを挟んで向かい合うように腰を下ろした。森生は緊張のためがちがちに固まって滝のような汗を流していた。朝倉瞳はそんな森生を不審そうに見つめていた。

長谷部は咳払いを一つしてから、刑事の顔つきになって尋ねた。

「えー、朝倉瞳さん。おうかがいしたいんですがね、中森信一郎さんが、何者かが自分の煙草にレゴリスを意図的に混入したと訴えています。おそらく事前にレゴリスを混入した煙草と中森さんのものとをすり替えたと思われます。ご本人はこれを殺人未遂だと主張していますが、われわれも傷害罪には問える事案だとは思っています。有罪となった場合には、十年以下の懲役または三〇万円以下の罰金が科せられます。単刀直入にお聞きしますが、朝倉さん、あなたは中森さんの煙草にレゴリスを混入しましたか？」

朝倉瞳は真顔でこう尋ねた。

「あの、レゴリスって何ですか？」

長谷部も祐一も面食らってしまった。当然のように知っているものと思っていたのだ。長谷部が助けを求めるように祐一のほうを向いたので、祐一はレゴリスの説明をしてから、喘息との関係性についても話した。

朝倉は事情を知るや、驚きで大きな目を見開いた。

「わたしがそのレゴリスというものを混入したって言うんですか！　そんなこと……。わたし、してません！」

「ですよね、だと思います」

森生はすっかり同情的になっている。刑事としてあるまじきことだ。

朝倉が目に涙を溜めながら尋ねた。

「わたしが犯人だと思っているんですか？」

長谷部が顔の前であわてて手を振った。

「いやいや、違います。中森さんと親しい人すべてからひととおり事情を聞いているだけですから、気を悪くしないでください。おわかりのように、煙草をすり替えるというのは身近な人でないとなかなかタイミング的に考えてできないかなと思うんですよ。そこでお聞きしたいんですが、どなたか心当たりなんてありませんか？」

朝倉は押し黙ると、視線を手元に落とした。まるで心当たりはあるといわんばかりだった。

長谷部は朝倉が口を開きやすいように水を向けた。

「中森さんが月旅行の同伴者としてあなたを選んだことで、グラビアアイドルの西川加奈さんとモデルの田口愛実さんのお二人と言い争いになったと聞きましたが？」

朝倉はこくりとうなずいた。

「わたしは、中森さんがお二人とお付き合いしていることを知らなかったので、西川さんと田口さんがツイッター上で、自分たちも中森さんと真剣に付き合っていて、月に行く権利があると訴えているのを見たときは、本当にショックでした。わたしは直接お会いしてませんが、お二人は中森さんにすごい剣幕で〝わたしたちにも月に行く権利がある！〃と主張したそうです」

「その話は誰から？」

「中森さん本人から直接聞きました。応じない場合は、多額の慰謝料を請求すると言われたそうで、申し訳ないから、お二人を予備の宇宙旅行者に推薦しておカネも払ったと言っていました」

それまで黙っていた最上が、口を開いたかと思うと、とんでもない質問をした。

「ねえねえ、中森さんと付き合っているのはどうして？　やっぱりおカネ目当て？」

「最上博士！」

祐一はたしなめたが、朝倉は両手に顔をうずめた。泣いてはいないようだったが、ショックを受けたと言わんばかりだった。

「ひどい……。ひどいです。そうおっしゃる方もいらっしゃるんですけど、わたしはセレブ女優としても売り出しているくらい、おカネには不自由していないんです。父が一流企業の創業者なので、子供のころから恵まれて暮らしてきました。それは……、中森さんの資産にはかないませんけど、わたしだって十分なおカネを持っているんです」

祐一は朝倉をかばうわけではなかったが、最上に対して強めに言った。

「そうですよ、最上博士。朝倉さんがおカネ目的で中森さんと付き合うはずがありません」

「でも、中森さんと付き合うことで注目されて有名になったことは確かだよね？」

「もう黙ってください」

最上がぷりぷりした口調で言った。

「祐一君は、やけに朝倉さんの肩を持つんだね。こういう人がタイプ？」

「な、何を言っているんですか。まったく……」

長谷部が大きな咳払いをした。祐一と最上をにらんでいる。

「なるほど、じゃあ、朝倉さんは中森さんのことを愛しているんですかね？」

「もちろんです。中森さんはとっても人間的な魅力のある方なんです。投資家としても、人としても尊敬しています」

「投資家として？」

また最上が口を挟んだ。

「はい、わたしたちはお互い相談し合って、投資先を決めているんです。ムーンランド社もそうです。最近では桃花にも出資していますけど」

今度は森生が話に入ってきた。

「桃花ですか？　桃花ってムーンランド社のライバル企業じゃないですか？」

「ええ、投資家にとってはライバルだろうと関係なくって、勢いのある企業に出資するだけなんで」

「なるほど……」

朝倉は長谷部のほうを向いた。

「わたし、中森さんの煙草にレゴリスを仕込んだのは、西川加奈さんか、田口愛実さんのどちらかだと思います。あるいは、二人が結託してやったんです。そうに違いありません！」

朝倉瞳から聞きたいことはすべて聞けた。祐一たちは会議室から出ると、続いて西川加奈のいる部屋に入った。

西川加奈は、栗色のロングヘアで、猫のような顔をして、胸元の大きく開いたセクシーな服装をしていた。グラビアアイドルというだけあって、女優の朝倉瞳とは正反対のタイプだ。

森生は一点に視線を据えると、ごくりと生唾を飲み込んだ。

長谷部はまず、中森の煙草にレゴリスが混入されていた事実を話した。西川加奈もまたレゴリスを知らなかったので、その説明をしてから、朝倉瞳にもした同じ質問をぶつけた。

「単刀直入に聞きますが、西川さん、あなたは中森さんの煙草にレゴリスを混入しましたか？」

西川の顔が般若のように歪んだ。

「はあ？　何でわたしがそんなことしなくちゃならないんですか？」

「あなたは中森さんが月旅行に朝倉瞳さんを連れて行くと知って、中森さんと言い争いになったそうですね？」

「月旅行のことで、じゃないです。中森さんが三股してたことに対して怒っただけです。わたし、月になんてぜんぜん興味ないんで」

「中森さんに慰謝料を請求して、予備宇宙旅行者の権利ももらったって聞きましたよ」

西川は砕けた口調で言った。

「いや、興味ないんですけどぉ、朝倉さんだけ行けるってずるいじゃないですか。だから、わたしにも行く権利くださいって要求したんです」

長谷部はため息を吐いた。

「何だ、ただの競争意識なんですか？」

「悪いですか？」

「じゃあ、中森さんのこと愛してないんですか？」

「愛してるわけないじゃないですか。カネですよ。カネ」

長谷部は乾いた声で笑った。

「はは。開き直りましたね。ある意味、清々しいですが」

西川はまるでしつけがされていない女豹のようだった。祐一たちはどっと疲れるのを感じた。

西川加奈を部屋に残し、三人は最後に田口愛実の部屋に入った。

田口愛実は、お嬢様系の女性だった。きれいに髪の毛はセットされ、ブランド物らしき高級そうなワンピースを着ていた。カネのかかりそうな雰囲気をふんぷんに放っていた。

森生は苦手なタイプらしく、少し距離を置いて、身じろぎせずにいた。

長谷部はまず中森の煙草の話をしてから、二人にしたのと同じ質問をぶつけてみた。

「田口さん、あなたは中森さんの煙草にレゴリスを混入しましたか？」

田口はぶんぶんと首を振った。

「そんなことしてません！　信じてください！」

田口は半泣きになりながら尋ねてきた。

「わたし、疑われてるんですか？」

「いえ、中森さんと親しかった方全員から話を聞いているだけです。あなたは月旅行の席をめぐって、中森さんと争っていたそうですね？」

田口は力なくうなずいた。

「それは……。だって、朝倉さんだけずるいですよ。わたしだって月に行きたいです。愛する人と月に行けるなんてすてきじゃないですか。でも、中森さんは朝倉さんをパートナーとして選んだんですよね。わたし、中森さんのこと許せないです」

長谷部は最後の質問をした。

「田口さんは中森さんを愛していたんですか？」

「もちろんです。わたし、愛していない人と付き合うとかできません」

長谷部が祐一のほうを見た。何か他に聞くことはないかと目が言っている。祐一は静かに肩をすくめた。

三人の事情聴取で得られたことは何かあっただろうか。三人ともに中森の煙草にレゴリスを混入してはいないと主張している。もちろん、嘘をつくことだって簡単だろう。納得のいく聴取ではなかったが、そこで終了することにした。


「弱ったな、これは……」

田口愛実の部屋を出るや、長谷部は大きくため息を吐いた。

祐一も同じ気持ちだった。まず中森と一緒に月に行く予定だった朝倉瞳には、中森の煙草にレゴリスを混入する動機はないような気がした。西川加奈は月旅行に興味はなかったが、朝倉だけ月旅行へ行けることに我慢がならなかった。田口愛実は本人曰く中森を愛しており、朝倉ではなく自分が一緒に月旅行に行きたかったと主張した。西川と田口は中森が月旅行のパートナーに朝倉を選んだことに激怒していた。つまり、西川と田口には中森の煙草にレゴリスを混入する動機が存在することになる。

なるほど、動機はわかった。あとはどちらかが本当に中森の煙草にレゴリスを混入したことを示す物的な証拠が必要だ。

森生が両手を団扇のように振りながら言った。

「いやー、眼福、眼福……。刑事になってよかったって思ったっす」

長谷部が鼻を鳴らした。

「何が眼福だ。おまえ、本当に二十代か？」

「主任だって、鼻の下を伸ばしていたじゃないですか」

「そ、そんなことはあるまい？」

愚にもつかない会話を交わしていると、突然、廊下の先のほうから、金切り声や怒声が聞こえてきた。

「何事ですか⁉」

あわてて声のしたほうへ駆けつけると、洗面所の前で朝倉と西川と田口が鉢合わせしたようで、互いに罵声を浴びせていた。

「このセレブ気取りの三流女優！」

「盗人猛々しいんだよ、泥棒猫！」

「うるさい！　あんたたちが本命に選ばれなかっただけでしょ！」

西川が朝倉につかみかかり、髪の毛を引っ張った。田口もまた平手で朝倉の頭を叩き出した。

「痛い！　痛い！　痛い！」

「やめてください！」

祐一が叫んだが、三人は聞く耳を持たない。

「こら、やめなさい！　やめろっていってるだろうが、こらぁ！」

長谷部が三人の間に割って入り、力ずくで引き離そうとしたが、西川から不意を突いたパンチを食らった。それはなかなか腰の入ったパンチで、見事に顎にクリーンヒットしてしまった。情けないことに、長谷部はふらりとよろけた。

「ごほっ、ごほっ……」

突然、朝倉瞳が激しく咳き込んだ。その場にしゃがみ込み、口を手で覆って、苦しそうにもがいている。西川と田口はかまわずに、朝倉の背中をめがけ、蹴りを入れ始めた。

「いい加減にしなさい！」

仕方なく、祐一が仲裁に入ろうとしたときだった。

「ここは任せてください！」

森生が後ろから祐一を押しのけて前に出た。この男は見た目からは想像できないが、格闘技を習っていると豪語していたのだ。ユーチューブでだが。

　森生は三人の真ん中に割って入るや、「殴るんならぼくを殴ってください」などと殊勝なのか、ただのマゾヒストなのかわからないことを叫んだ。二人の女たちは一瞬わけがわからないというように動きを止めたが、すぐさま標的を変えることにしたようで、森生を袋叩きにし始めた。

　森生が頭を抱えてうずくまるや、今度は二人が森生を足蹴にした。

「ひぃ、やめてください。喧嘩はやめて……」

　祐一と長谷部は、森生を憐れに思いながらながめていた。もちろん、助けてやることはなかった。

　祐一は咳き込んでいる朝倉瞳の背中に手をかけた。

「大丈夫ですか？」

　朝倉は咳き込みながらも何とか言った。

「だ、大丈夫です……。すぐに落ち着きますから」

　しばらくして、朝倉の咳はようやく止んだ。

　森生のほうを見ると、まだ森生は西川と田口にサンドバッグにされていた。

「大丈夫でしょうか？」

長谷部は気にしたふうもなかった。

「森生、気が済むまで殴られたら、玄関口までお二人をお見送りするんだぞ」

そう言い残し、長谷部と祐一と最上は朝倉瞳を連れてその場をあとにした。

8

翌日の午前十時、警視庁のＳＣＩＳ捜査本部にて、捜査会議を開くことにした。祐一と長谷部、そして、森生と最上博士がそろい、玉置と優奈も北海道から戻ってきていた。玉置と優奈は、中森の交友関係およびムーンランド社の内部事情を知る関係者らから事情を聞いてきたのだ。

「まず最初に、これだけは言わせてください」

玉置がいつになく神妙な顔つきになって口を開いた。いつものようにブルーベリーガムを嚙みながら。

「残念ながら、優奈とおれには何もありませんでした。それだけは信じてもらいたいんです」

優奈も口をそろえる。

「本当に何もなかったのに、あったと思われるのは心外です」

長谷部が鷹揚に手を振った。

「興味ねぇから先を続けろ」

「了解です。中森に喘息の症状が出始めたのが、半年前ってことですから、犯人が煙草にレゴリスを仕込んだのもそのころからだと思われます。本人はいつの時点で煙草をすり替えられたのか心当たりはないそうですが、一方で、すり替えるほうとしては、会社、家の中や車の中、食事中の店など、いたるところでタイミングがあったわけで、なかなか目撃者が見つからないんです」

長谷部も同意してうなずいた。

「まあ、そりゃ、そうだろうな」

優奈が不貞腐れたようにぼやく。

「だいたいこの事案って傷害罪ですよね。そんなの、われらがＳＣＩＳ案件っぽくないですよ」

「こらこら、元も子もないことを言うもんじゃない。コヒさん、この案件、傷害罪での立件は難しいんじゃないか？」

長谷部は優奈をたしなめながらも、本人も幾分かそう思っている節があるようだ。

「ううむ」

そうかもしれない、と祐一がうなっているところに、優奈が口を開いた。

「申し訳ないんですが、容疑者が増えちゃいます。ムーンランド社ＣＥＯの若松雅夫っているじゃないですか。中森同様、ムーンランド社の株を持っているんですが、若松と中森は同社の経営方針をめぐって争ってるっていうんですよ」

長谷部が興味を示したようで身を乗り出した。

「ほう、で、その経営方針の対立っていうのは？」

「株式会社ムーンランドは非上場会社なんですが、それにはいくつか理由があって、企業が非上場だと株主の意向に左右されないとか、他社に買収されるリスクがないとか、財務状況を報告する義務がないとか、いろいろメリットがあるわけなんです」

「はいはい、知ってるよ。それで？」

「で、ですよ。ここに来てムーンランド社を上場しようという話が持ち上がったらしいんです。その話を持ち出したのが中森なんです。若松のほうは上場には反対しています」

「中森さんの狙いはストックオプションだね」

それまで黙って聞いていた最上が口を開いた。

長谷部が困惑した顔で尋ねた。

「ええっと、どういう意味だっけ？」

「ストックオプションっていうのはね、株式会社の株を、取締役や社員があらかじめ定められた金額で購入できる権利のこと。将来、会社が上場したりして、いまよりも高値で株を売れるようになれば、ストックオプションの持ち主は、購入時よりも高く株を売ることができる、ってわけ」

祐一は補足した。

「要するに、月面着陸旅行を控えたこの時期に、ムーンランド社が株式公開して、上場企業になれば、ムーンランド社の株価はウナギ登りになります。月に行って戻ってきた日には、連日ストップ高を記録してとんでもないことになるでしょうね」

長谷部はうらやましそうに舌なめずりをしている。

「確かに……。出資者は天文学的な富を得るな」

最上が嬉しそうに言った。

「ていうか、中森さんが女優の朝倉さんと付き合っているのも、月面着陸旅行に行く予定なのも、みーんな、ムーンランド社が注目を浴びるため、つまり、株式を上場させるための計画だったんじゃないかって思えてくるよね」

長谷部はホワイトボードのほうへ寄っていき、この事案で登場した人物の名前を黒マーカーで書いていった。

「ええっと、つまり、ＣＥＯの若松雅夫は自分が立ち上げた会社だし、自分のやりたいようにやるべく、株式公開には反対だと……。一方で、ストックオプションを狙っているかもしれない中森信一郎は、ムーンランド社を上場させようと画策していた」

祐一は疑問に思って口を開いた。

「ちょっと待ってください。ＣＥＯの若松が中森と経営方針をめぐって争っていたことはわかりましたが、だからといって、若松が中森の煙草にレゴリスを仕込んだりするでしょうか？　中森を喘息にさせて、宇宙旅行者の座から引きずり下ろしたところで何の得になるんです？」

最上が口を開いた。

「レゴリスを長期間吸い続ければ、慢性閉塞性肺疾患(COPD)を誘発して、やがて死んじゃうことはあるかもしれないよ。だから、中森さんを殺そうとしたのかもね」

「長期間とはどのくらいですか？」

「そりゃあ、半年とかじゃないとは思うけど……」

「そうですよね？ であれば、やはりレゴリスを仕込むことをもって殺人未遂とは現段階では言い難いでしょう。若松が行う手段としては意味がない気もします」

長谷部が頭をがしがしと掻きながら言った。

「弱ったなぁ。でも一応、若松からまた事情を聞いてみるか？」

「北海道は遠いですね……」

祐一が嘆息すると、玉置が意外なことを言った。

「若松ならいま東京にいますよ。それも帝都大学にいるんじゃないっすかね」

「帝都大学で何をしているんですか？」

「帝都大学は若松の母校なんですよ。それに、若松は根っからの研究者ですから。帝都大学と共同で研究したりもしているそうですよ」

9

富豪のイメージとしては、ウン億円で購入したフェリーの上で華やかなパーティーを開いたり、南国のプライベートビーチでハンモックに揺られながら読書をしたりカクテルを飲んだりするような、そんな怠惰かつ平和な午後を味わっている人々……という勝手な妄想を巡らせていたが、若松雅夫に関してはまるで真逆のようだった。

若松は帝都大学の生物学研究室にいた。中を覗いてみると、厳かな雰囲気の中で教授や生徒らに交じり、スーツ姿の若松が顕微鏡を覗き込んでいた。教授らからいろいろ話を聞いているようで、一々それをメモに記していた。研究室の一角には放射線管理区域を示す、黄色地に赤い三つ葉の模様を施した放射線マークが見える。

若松が研究室の外へ出てくるまで、祐一たちは廊下で待つことにした。

三十分ほどして、若松が上機嫌な様子で現れた。

祐一は興味を持って尋ねた。

「放射線耐性の研究ですか？」

「クマムシですよ」

クマムシのことは祐一も知っていた。緩歩動物門に属し、四対八本のずんぐりとした脚を持つ、肉眼では確認しにくいほど微細な動物である。

「宇宙空間に進出するためには、放射線耐性の研究は避けて通れません。通常、人は七Gyの放射線量で死亡しますが、クマムシは四〇〇〇Gyでも耐えられます。クマムシのある遺伝子をヒト培養細胞に導入すると、放射線によるDNA損傷が抑えられ、放射線耐性が向上することが明らかになっています。将来、われわれ人類が核の脅威から解放される日が来るかもしれません」

「えっ、おれたちクマムシみたいになっちゃうのか⁉」

長谷部が勝手な想像を浮かべて驚いていた。

祐一は長谷部を無視して若松に言った。

「あなたは自社の株式公開を推し進めようとする中森さんと争っていたと聞きましたが、本当でしょうか？」

若松は傷ついたような顔をした。

「争っていたというか、勝手に中森さんが株式公開をやろうと盛り上がっていただけですよ。ああいう一人の人間が勝手に経営方針を決めないために、ムーンランド社は非上場にしてきたっていうのに、いったい何を考えているんだろうって、経営陣も社員たちもみんな思ってますよ」

「でも、上場したほうが、企業というのは潤沢な資金調達を行えるわけですよね?」

「ええ、社会的な信用も増しますし、何といっても注目度が上がりますから」

「注目度といえば、中森さんと女優の朝倉瞳さんのカップルが月面着陸旅行への参加を表明したことは、御社にとって抜群の宣伝効果があったんじゃないですか」

若松はため息交じりに言った。

「あそこで、中森さんは勘違いしちゃったんでしょうね。名前を売れば、おカネを集められると。マネーゲーム目的の株主なんかを集めてもしょうがないんですよ。うちの会社に惚れ込んで出資してくれないと、そうじゃない投資家なんてすぐに離れていってしまいますよ。でも、実は中森さんには株式公開をやりたい込み入った事情があったんです」

若松は小難しい顔つきになった。

「三カ月前のことなんですけどね、運が悪かったとしか言いようのないことなんですが、中森さんはムーンランド社の衛星が提供する気象データに基づいて、農作物の先物取引をしていたんですよ。コンステレーション構想はまだでき上がっていないんですが、それでも、たとえば、今年のジャガイモは例年よりも育ちが早く、形のよいものがたくさん穫れるだろうと、そういうことまでわかるんです。しかし、気象とはまったく関係のない、降って湧いたような病原体の感染により、農作物に甚大な被害が出てしまいましてね。中森さんはそれで五〇〇億円を超える損害を被ってしまったんです」

「五〇〇億円……」

祐一も長谷部も目を丸くして仰け反った。最上も驚いていた。

「さすがに中森さんにとっても五〇〇億円の損失は大きかったのでしょう。だから、三カ月前、急に株式公開をしようなんて言い出したんです。株式公開になれば、自分の持ち株の価値が上がって、大きく儲けられますからね」

若松は思い出したように尋ねてきた。

「そうそう、西川加奈と田口愛実は白状しなかったですか？」

長谷部が残念そうに答えた。

「いや、それが二人とも中森の煙草にレゴリスなんて仕込んでないっていうんですよ。

ホントか嘘かはわかりませんけどね」

「そうですか、わたしはあの二人が怪しいと思いますけどね」

そんな会話を交わしてから、頃合いを見て、祐一たちは辞去することにした。

10

警視庁の捜査本部に戻ると、祐一は目の前のホワイトボードがよく見える位置に腰を下ろし、森生がコンビニから買ってきてくれたお茶のペットボトルに手を伸ばした。

ホワイトボードに書かれた名前を一人ずつ見ていく。中心に、中森信一郎の名前があり、その右側に、朝倉瞳、西川加奈、田口愛実と、三人の恋人や愛人たちの名前が、左側に、ムーンランド社のＣＥＯの若松雅夫の名前が書かれている。

玉置が柴山医師のもとへ行っていて遅れていたが、祐一はさっそく会議を始めることにした。

「中森信一郎の周辺を探ってみると、大きく二つのトラブルがあったことが明らかになりました。一つは月旅行の座席をめぐっての西川加奈と田口愛実二人とのトラブル、もう一つがムーンランドの経営方針をめぐっての若松雅夫とのトラブルです。それから、三カ月前に中森は衛星を使った先物取引の失敗で五〇〇億円の損害を被っていたこともわかりました」

「あれれ？」

最上博士が細い顎に手を添え、小首をかしげた。

祐一もまた最上が言わんとしていることに気付いた。

「おかしいですね。中森が五〇〇億円を失ったのは三カ月前ですよね。一方で、喘息が出始めたのは確か半年前ではなかったですか？」

長谷部が手帳を開いてうなずいた。

「ホントだ。中森の煙草にレゴリスを仕込んだ何者かは半年前に犯行に及んだはずだから、半年前の時点で中森に殺意なり悪意なりを持っていなきゃいけないことになる。中森は三カ月前に先物取引で失敗して株式公開しようって言い出して若松と揉めるようになったんだから、若松は容疑者から外してもいいことになるな」

「ええ、そうですね。では、やっぱり西川加奈と田口愛実の二人が怪しいということになりますかね」

会議室のドアが開き、玉置が勢い込んで入ってきた。

「大変です！　柴山先生から衝撃の報告を受けましたよ」

「どうした、そんなにあわてて」

長谷部の言葉も聞かず、玉置はまくし立てるように続けた。

「中森の肺から検体検査で採取した組織を、柴山先生が再検査したんですけどね。疑似レゴリスには違いないそうなんですが、粒子のサイズが均一だって言うんですよ。つまりは、喘息や肺疾患が起こりやすいようナノレベルに精製されたものじゃないかということです。まるで兵器のようだと言っていましたよ」

「何だって？」

長谷部は理解できないというように祐一のほうを向いた。

祐一はホワイトボードを見やり、二人の容疑者の名前をあらためて見た。

「西川加奈と田口愛実はレゴリスが何かも知らないと言っていましたからね。たとえそれが嘘だとしても、研究者でもない二人がレゴリスを精製できるはずがありません。西川加奈と田口愛実が怪しいという説もまた否定されることになりますね」

「あーあ、振り出しに戻っちまったぞ」

長谷部が頭の後ろをがしがしと掻いた。

最上博士は依然として細い顎に手を添えたままだった。何やら深く考えている様子だ。

「やっぱり重要なのは犯人の動機だよね。中森さんにレゴリス入りの煙草を吸わせてどうしようとしたのか。これは喘息にかからせたかったんだね。それはなぜか。それは中森さんを宇宙旅行者の座から引きずり下ろしたかったからだね。肝心なのは、それが犯人にとってどうしてか、だよね」

最上の推論の流れを一同はうなずきながら聞いていた。

「中森さんの代わりに、空いた席に自分が座って月に行きたかったから、それも一つだよね。もう一つ考えられるのは、ただ中森さんに月に行ってもらいたくないっていう動機も考えられるよね」

森生が手を挙げた。

「それはどういう心理からですか?」

「たとえば、あいつだけ目立って目障りだから、足を引っ張ってやろうぜ、みたいなね。世界が注目している中で、中森さんが喘息になって、宇宙旅行者を降りることになれば、それはもう中森さんは大恥をかくことになるからね。いやな注目の浴び方をしちゃうよね。もちろん、ムーンランド社も大きく評判を下げることになるだろうね」

祐一はかちんと頭を叩かれたような気がした。

「なるほど。中森はムーンランド社の広告塔のような存在です。その中森の足を引っ張れば、同社の評判もまた落とせるわけですね」

長谷部はホワイトボードのほうへ歩いていくと、ぱんぱんと軽くボードを叩いた。

「ムーンランド社の評判を落として喜ぶやつがこの中にいるか？　若松雅夫は絶対違うだろう。西川加奈、田口愛実、この二人だって、ムーンランド社の評判を落としたところで得はしなそうだな」

祐一は長谷部の話に耳を傾けながら、最上博士の推論を考えていた。かなりいい線をいっているのではないか。

ムーンランド社の評判を落としたい人物——。これまでの聴取でどこかにそんな人物がいたような気がしたが……。

祐一の携帯電話が鳴った。中島課長からだった。

「小比類巻さん、大変な事態が起きました。ムーンランド社の若松ＣＥＯが殺害されました。……聞いていますか？」

11

深夜、渋谷区の路上で、ムーンランド社ＣＥＯの若松雅夫が何者かに刃物で腹部を複数回刺され、出血多量で死亡した。目撃者はいなかった。

「容疑者の一人が死んじまったか……」

長谷部は腕組みをして考え込んでいた。

若松雅夫殺害の捜査は現在、警視庁の捜査一課と渋谷署が担当しており、その遺体は監察医の柴山美佳医師が検案および解剖を行っているとのことだった。

玉置と優奈と森生も捜査に加勢して、ＳＣＩＳの捜査本部に残ったのは、祐一と長谷部と最上博士の三人だけだった。

「おれは若松雅夫が怪しいとにらんでいたんだがなぁ。いや、ちょっと待てよ。若松はたまたま通り魔に狙われて殺されたんじゃないか？」

「では、本事案には関係ないと？」

祐一は尋ねたが、長谷部も首をひねっていた。

「わたしは時間的接近性を考えて二つの事件が別々だとは思わないけれど」

最上博士がもっともなことを言った。

長谷部は納得したようにうなずいた。

「だよな。となると、中森の煙草にレゴリスを仕込んだやつと若松を殺したやつは同じだってことか？　何だかよくわからなくなってきたぞ」

「若松雅夫について、もう一度周辺を洗ってみたほうがいいでしょう」

「そうだな。……まあ、それならタマやんたちがいまやっているから待つこととしよう」

祐一の携帯電話が鳴った。今度は柴山医師からだ。スピーカーのボタンを押して応じた。

「そちらはいまどんな状況ですか？」

「うん、いま解剖を終えたところなんだけどね。ちょっと私見を話してもいいかな？」

「どうぞ」

「犯人像なんだけどね、刺創が浅いのよ。犯人は非力な女じゃないかなと思って」

「犯人は女ですか。それは意外ですね」

「それとね、腹部を五回も刺しているのよ。どう思う？」

「そうですね、強い殺意を感じます。怨恨の可能性がありますね」

「怨恨ねぇ」

長谷部が首をかしげている。

「これまでの捜査で、若松が女とトラブルを起こしていたなんていう話は出てこなかったぞ」

祐一は柴山に礼を言い通話を切ると、考え込んでしまった。長谷部の言うとおりだ。本事案において登場人物はそう多くはない。彼らが複雑に絡まり合っているような報告もない。

何か見落としていることがあるのだろうか？　犯人はこれまでに登場していない人物であるとか……。

祐一が考えていると、最上博士が言った。

「うーん、やっぱり、中森さんの煙草にレゴリスを盛られた一件と若松さんが殺された一件とは別々の事件とは思えないよね。ちょっと順を追って考えてみましょう」

最上は椅子からひょいと立ち上がると、ホワイトボードのほうへ歩いていき、中森信一郎の名前を指差した。

「まず最初に、中森さんの煙草に誰がレゴリスを仕込んだのかを考えなくっちゃいけないよね」

何だか最上は自信ありげな様子である。ひょっとしたらすでに事件を解明しているのかもしれない。ここは黙って耳を傾けることにした。

「さて、中森さんは誰ともめていたんだっけ？」

長谷部が素直に答えた。

「中森は月旅行の座席をめぐって西川加奈と田口愛実ともめていたし、ムーンランド社の経営方針について若松ともめていた。だが、どちらも否定されたんだよな」

「他にトラブルは？」

長谷部はかぶりを振った。

「ない、はずだ。玉置も優奈も見つけられなかった。おれは優秀な部下を信じる」

「わたしもタマやんと優奈ちゃんのことは信用してる。ってことは、わたしたちはいくつかのことを見落としていたのかもしれないよ」

祐一は不安を感じて尋ねた。

「いったい何を見落としていたと言うんです？」

最上はもったいぶっているのか、ホワイトボードの前を行ったり来たりし始めた。数十秒が経過した。最上は祐一たちに考える時間を与えているらしい。祐一がいらいらし始めたころ、最上はようやく口を開いた。

「たとえば、朝倉瞳さんが喘息だったことについてはどう思っているの？」

祐一はそう言われても、すぐには朝倉が喘息だったことを思い出せなかった。長谷部が先に思い出して言った。

「そうそう、おれたちが朝倉と西川と田口を事情聴取したときだろう。聴取を終えて、おれたちが廊下に出て話していたとき、三人が洗面所の前で鉢合わせたのか、罵り合いの喧嘩をしていたんだよな。すごかったな、あれ。で、そのときに、朝倉瞳は急に咳き込み出したんだ。あれは喘息だったのかな」

最上はうなずいた。

「朝倉さんも喫煙者だもんね。そして、喘息持ちでもあったんだ」

祐一も取調べの際に、朝倉がTシャツの胸ポケットに煙草を所持していたことは見ていた。

祐一は最上が言わんとしていることに気付いてびっくりした。

「まさか、最上博士は朝倉瞳の煙草にもレゴリスが仕込まれていたと言いたいんですか？」

「まあ、そういうことになるよね」

「ちょっと待ってください。では、犯人は中森と朝倉の二人の煙草にレゴリスを仕込んでいたっていうんですね」

長谷部が腕組みをしながらうなった。

「むむ。そいつは気づかなかったな。中森と朝倉の二人に悪意を持つ人物とはいったい誰なんだ？」

最上はホワイトボードを見つめた。そこに答えが書かれているとでもいうかのように。

釣られて、祐一もボードを見やった。

祐一が答えを思いつくより早く、最上が口を開いた。

「中森さんと朝倉さんが二人とも投資家なのは知っているよね。二人はお互い相談し合って、投資先を決めていたというよ。もちろん、投資家はこれから成長しそうな企業に投資するものだからね。朝倉さんは中国版のムーンランド社ともいえる桃花にも出資していたというしね」

「桃花……。レゴリスの開発をめぐってムーンランド社と競い合っている企業ですよね」

「そう。若松さんが目の敵にしていた企業。朝倉さんは投資先として桃花を選んだって言っていたよね。朝倉さんが選んだということは、中森さんも選んだっていうことでもあると思うよ？」

祐一は行きついて当然の答えを口にした。

「では、中森と朝倉の煙草にレゴリスを仕込んだのは若松雅夫だというんですね？」

「そうとしか考えられないよね。だいたいレゴリスは粒子がナノレベルに精製されていたんでしょう。そんなことができるのも研究者でもある若松さん以外には考えられないものね。中森さんと朝倉さんが投資先として、桃花が有力と思ったら、ムーンランド社から資金を引き上げてしまうかもしれないものね。若松さんからしてみれば、それは重大な裏切り行為に当たるよね。桃花を敵対視しているんだからね」

長谷部が納得したように手を打った。

「なるほどな。ひょっとしたら、若松は長期的な視野で二人を本気で殺そうとしていたのかもしれないよな。だとすると、立派な殺人未遂でもあったわけだ。でも、待てよ。じゃあ、若松を殺したのは誰なんだ？」

「朝倉さんに決まってるじゃないの。朝倉さんは取調べのときに、中森さんが何者かによって煙草にレゴリスを仕込まれたことを聞いて、自分の喘息もまた煙草にレゴリスを仕込まれたからだって気づいたんだよね。おそらくかなり深刻な慢性閉塞性肺疾患になっていると思うよ。朝倉さんは桃花の出資の件で若松さんともめていただろうから、犯人は若松さんだってすぐに思い至った。それで本人を直接問い詰めようとしたんじゃないかな。それで、激高して何度も刺しちゃったんだと思うよ」

最上はこれで一件落着とでもいうように朗らかな笑みを浮かべた。

実のところ、祐一にはちょっと納得のいかない終わり方だった。何かが引っかかっていた。

12

それから間もなく、長谷部らが朝倉瞳に任意同行を求め、事情を聴取したところ、朝倉は難なく若松雅夫の殺害を自供した。朝倉は自分の煙草にレゴリスを盛られたと知り、病院で診察を受けたところ、慢性閉塞性肺疾患と診断された。それに激怒して犯行に及んだということだった。だいたい最上博士の推理どおりである。

半年ほど前から、朝倉と中森はムーンランド社への出資を引き上げて、中国の桃花への出資を大々的に行おうとしていたらしい。それで桃花を敵対視していた若松と特に朝倉が口論になったそうだ。中森は投資家としての朝倉の先見性を見込んでおり、朝倉のほうが主導権を握って投資や出資を行っていたようだ。

本事案は世界が注目する大型プロジェクトに関与する企業内で起きたことである。SCISが捜査を担当したということは、警察庁としては秘密裏に処理したい思惑も働いている。事情がそのまま世界に伝われば、月面着陸旅行にミソがつくどころか、日本の宇宙関連事業の信用が落ちるだろう。

課長室に呼ばれたので顔を出すと、中島加奈子課長は難しい顔をしていた。

「朝倉瞳が若松雅夫殺害の容疑で逮捕された件は隠しようがありません。ですが、動機に関する若松が中森信一郎と朝倉の煙草にレゴリスを仕込んだという事実はなかったことにします。もちろん、中森と朝倉が中国企業の桃花へ出資していたという事実も伏せます。日本の沽券にかかわりますからね」

祐一は軽くうなずいただけだった。自分は任務を果たした、事後処理は上が考えるべきことだ。

ただ一つだけ聞きたいことがあった。

「中森と朝倉が月面旅行へ行けなくなったとなると、代わりには誰が行くことになるんです？」

中島課長はようやく難しい顔をやめて、少し緩んだ表情になった。

「もちろん、予備旅行者の西川加奈と田口愛実ですよ。それを告げたら、二人はすごく喜んでいたらしいです」

「でしょうね」

複雑な気分だった。何だか中森信一郎が憐れに思えた。

夜のとばりが降りるころ、最上博士が根城にしている赤坂にあるサンジェルマン・ホテルへ向かい、二階にある博士行きつけのラウンジへ入った。

照明の落とされた店の中ほどに止まり木があり、まだほとんど客がいない中で、最上が一人静かに飲んでいた。

祐一は博士の隣に腰を下ろした。

「今日は大丈夫でしたか？」

この店のバーテンダーはよく替わるため、最上は自分が成人していることを証明すべくよくバーテンダーともめたのだ。博士は運転免許証も保険証もパスポートも持ち歩いていないので、たいがい祐一が成人していることを保証した。

最上はげっそりした顔で言った。

「ねえ、祐一君、わたしってば、ほんの数週間のうちに年を取ったのかな。あのお兄さん、わたしがオーダーしたら、すんなりとバーボンの水割りをつくってくれたのよ」

「よかったじゃないですか」

「まあ、よかったといえばよかったんだけれども……。もう。女心がわかってないなぁ。祐一君は」

祐一は黒のスタウトを頼み、二人で乾杯した。

半分ほど飲んでから、祐一は引っかかっていることを話すことにした。

「今回の事件で一点だけ気になっていることがあります。最上博士は中森の煙草にレゴリスを混入した人物の動機について、こんなふうに話していましたよね。中森が喘息になって宇宙旅行者を降りることになれば、ムーンランド社もまた大きく評判を下げることになる。つまりは、その人物の真の狙いはムーンランド社の評判を落としてやるところにあるのではないかと」

「うん、そんな話したよね」

「しかし、蓋を開ければ、若松がレゴリスを中森と朝倉瞳の煙草に仕込んでいたわけです。若松はムーンランド社の評判を落とそうとするわけがありません。矛盾していませんか？」

「死人に口なし。若松さんは自白したわけじゃないものね。だから、本当のところ、誰がレゴリスをお二人の煙草に仕込んだのかはわからないよね」

「そうなんです。何かわたしたちは見落としているんじゃないかと気になりましてね」

「そうかな？　わたしは若松さんがムーンランド社のライバル企業である桃花に出資を検討している中森さんと朝倉さんに怒って殺そうとしたんじゃないかって思っているんだけれども……」

「そうかもしれません」

祐一はそこでその話をやめることにした。一件落着したことである。考えても答えが出てこない。

話を変えることにした。

「それにしても、いい時代になりましたね。人類は再び月の上を踏めるわけですね。その調子でいけば、火星の大地を踏む日もそう遠くはないかもしれない」

なぜか最上は浮かない顔をしていた。

「地球に人があふれて、食べ物が少なくなって、環境が破壊されて、住みにくくなって、そういう理由で、人類が月や火星に行くんだとしたら、わたしはね、祐一君、それってどうかと思うんだ」

なるほど、わかるような気がした。人類は月や火星に行っても同じ蛮行を繰り返すだろう。

「自分たちが生まれた星なんだからね。もっと地球のことを大事にしなくっちゃ。月や火星に行ってもいいけど、地球のことだってもっと知らないとね。だってさ、祐一君、ボリビアのウユニ塩湖って行ったことある？」

「ありません」

「じゃあ、アイスランドでオーロラは見た？」

「ないですね」

「ていうか、ハワイは行ったことある？」

「な、ないです」

「行ってないところだらけじゃないの。逆にどこに行ったことあるの？」

「遠くて沖縄ぐらいですね」

最上は呆れて喉を鳴らした。

「飛行機に乗れるのに、なんてもったいない。地球だって、まだまだ行ったことないところだらけでしょ？　地球のことをもっと知れば、山積する問題だって解決できるようになるかもしれないよ。わたしは、コンステレーション構想には賛成。宇宙から地球をあますことなく観察すれば、見えなかったことが見えてくるかもしれないもんね。人類は地球の外に出ることによって逆に地球をもっと知るようになるってわけ。逆説的だけれどもね」

最上博士の話は壮大すぎた。山積する地球上の問題も、祐一や国民一人ひとりが行動をあらためたところでどうにかできることではない。大国や大企業が先導してはじめて大きな一歩が踏み出せることかもしれない。無責任ながら彼らに託すしかない。自分は自分ができる課せられた仕事をこなすのが関の山だ。そう思った。

祐一は、娘の星来が生きることになる未来の地球の平和を願って乾杯した。

13

ＳＣＩＳの捜査会議室で、祐一たちはテーブルにおにぎりやサンドイッチ、スナック菓子、それから、高級そうなチョコレートや和菓子など、各自購入してきた物を広げて、ささやかな打ち上げを行っていた。酒こそなかったが、長谷部や玉置たちは上機嫌な様子だった。

祐一も幾分気分がよかった。

「みなさんのおかげで、無事事件を解決できました。透明人間、呪い、レゴリスとどれも難事件ばかりでしたが、今回もＳＣＩＳのチームメンバーそれぞれの力を生かして解決に導いたことは、わたしとしても大変誇らしく――」

最上がやってくると、小さな紙片の束を目の前に置いた。よく見ると領収書である。

祐一はテーブルの上に載っている高級そうなチョコレートや和菓子を見た。

「そういうことだから、よろしく」

最上が片手で手刀を切り、小さく頭を下げた。

「そういうことだから、じゃありませんよ。こんな高級なお菓子の領収書が経費で落ちるわけ――」

「まあまあ、コヒさん、今日は堅い話はなしだ」

長谷部が祐一の肩に手を置いた。

「実際、おれたちはよくやったと思うぜ。島崎課長が亡くなってからというもの、ずっと仕事漬けの毎日だったからな。たまには発散しないと、心身ともに参っちまうからな」

「まあ、それはそうですが……。だからといって、領収書は――」

「中島課長ならきっとわかってくれる！」

長谷部たちはそろって笑い声を上げた。最上も負けじと笑い声を立てる。

ドアに鋭いノックがあった。祐一が「どうぞ」と応じると、捜査一課の柳沢登志夫課長が入ってきた。その険しい面貌（かお）を見て、祐一は島崎課長のことで何かあったのだとすぐにピンときた。

「大変なことがわかったぞ。ひばりヶ丘にある小さな公園近くの家に設置された防犯カメラに、島崎警視長を刺したと思われる男が映っていた」

柳沢課長は会議テーブルの上に抱えていたノートパソコンを置き、祐一と長谷部のほうへ画面を向けた。柳沢課長がパソコンを操作すると、画面に防犯カメラの映像が流れた。遠巻きに公園のような場所の出入り口が映っていた。

「その公園沿いに建つ家の玄関に設置された防犯カメラの映像なんだが、ほら、大きなリュックサックを背負った男が出てきただろう。この防犯カメラの映像には、この公園にこの男が入っていったところがいっさい映っていないんだ」

男は頭にかぶったキャップも黒で上から下まで黒ずくめの恰好をしていた。

長谷部が腕組みをしてうなった。

「要するに、この男は公園に入ってもいないにもかかわらず、突然出てきたと？」

「そういうことだ。この公園が異次元に通じているワームホールでもない限り、ありえないことだろう？ え？」

柳沢課長が積極的に祐一を見てきた。上手いことを言ったと思っているのかもしれない。褒めてもらいたいのかもしれない。祐一は視線をそらした。

「捜査一課の粘り勝ちですね。それで、この男の身元はわかったんですか？」

「男はこのあと西武池袋線のひばりヶ丘駅から電車に乗って、大泉学園駅で電車を降りたことが判明している。だから、いま大泉学園駅に捜査員を配置して、駅利用者を隈なくチェックさせている」

祐一は期待を込めてうなずいた。

「大泉学園に住んでいるとしたら、早晩男は見つかるでしょう」

「そうであることを祈っている」

柳沢課長は険しい表情のままうなずいた。

捜査一課の粘りと祈りが通じたのか、その二日後、透明人間と思しき男は大泉学園駅に現れたところを警戒中の捜査員らによって取り押さえられた。もちろん容疑は島崎博也元課長の殺害だが、物的な証拠はまだ何も見つかっていないために、公務執行妨害ということで逮捕された。別件逮捕である。

長谷部から事情を聞いた祐一は不穏なものを感じた。

「公務執行妨害……。男は暴れたりしたんですか？」

「さあ、捜査員が一人倒されたって聞いたけど……、まあ、コヒさんはそこらへんは知らないってことでいいんじゃないの」

などと、長谷部ははぐらかそうとしたが、祐一はすぐに転び公妨(こうぼう)でもやったのだろうとピンときた。捜査員が被疑者の身体にわざとぶつかり、転んでみせることで、公務執行妨害や傷害罪などと言いがかりをつけて現行犯逮捕する行為のことだ。

現役の警察官僚を刺殺した凶悪事件の容疑者である。多少の手荒な捜査も致し方ないと祐一も思った。

別件逮捕された男は、吉野和人(よしのかずと)と名乗った。ＩＴ系企業の派遣社員ということで、どこにでもいそうな普通の男というのが、取調べを行った長谷部の感想だった。

吉野和人は意外にも早々に島崎警視長の殺害を自供した。動機は透明マントを受け取り、絶対に捕まることはないからと、島崎警視長を殺すよう指示を受けたからだという。家宅捜索を行ったところ、自宅から透明マントと島崎警視長を刺した凶器の刃物が出てきたという。

指示を出した相手については、何もわからないということだった。

「指示した相手がわからないとは、いったいどういうことですか？」

長谷部が悔しそうに言った。

「どこにでもいそうな男がどこにでもいそうな男なら絶対にやらないようなことをやっていた。ダークウェブ上での違法物の売買だ」

ダークウェブとは、通常の検索エンジンでは引っかからないインターネットの深部の領域のことであり、専用のソフトウェアによる通信方法でないとアクセスできないという。

「吉野和人はダークウェブ上で常習的にドラッグの売買をしていた。二カ月前に、ダークウェブをサーフィンしていたら、透明マントが出品されていたのを見て、興味を持って、相手とやり取りを始めたらしい」

「透明マントがダークウェブに出品されていたんですか⁉　なんという時代なんですか……」

「もうすぐドラえもんが発売されるかもしれないな。まあ、冗談だが、出品された透明マントは帝都大学で盗難に遭ったものと同一のものだと判明した。吉野和人がやり取りをしていた相手だが、いまのところ、どこの誰だかわからないそうだ」

「吉野和人は殺した相手が警察庁の官僚だということはわかっていたんでしょうか？」

「いや、知らなかったと言っている。ただ、名前と顔と住所を教えられて、島崎さんを殺すように命じられたそうだ」

長谷部は疲れたようにかぶりを振った。

「とんでもない話だよな。人間はどうやら透明になると、罪悪感というものを忘れちまうものらしい。まあ、みんながみんなじゃないと思うが」

祐一は大きなため息を吐いた。

「吉野和人に透明マントを売った人物は、なぜ島崎警視長の殺害を依頼したんでしょう。動機がまったくわかりません」

「確かにそうだよな。島崎さんを殺して何の得があるっていうのか……」

「何か得をする人物なのかもしれませんね」

「何だって？」

祐一は背筋が薄ら寒くなる思いを感じながら言った。

「ＳＣＩＳの運営者だということを知って殺したということであるならば、犯人はＳＣＩＳを好ましく思っていない人物だということになる」

「つまりは、これはＳＣＩＳへの宣戦布告ってことか？」

「ええ、そういうことになるかもしれませんね」

祐一は見えない敵を思い、必ず捕まえてみせると心の中で怒りとともに誓った。

終章

祐一は長谷部を連れてボディハッカー・ジャパン協会のある六本木に向かった。六本木ヒルズやミッドタウンのある喧噪なエリアから離れた、青山霊園の近くに建つ小さなビルに同協会は入っていた。きれいに磨かれた鏡を外壁に使用したそのビルはＳＦ映画に登場する建物のように見える。

ボディハッカー・ジャパン協会とは、トランスヒューマニズムの信奉者たちの団体であり、人類を科学の力によって進化させることをよしとする者たちが集まっている。

二階にある畳張りの大部屋に、カール・カーンがいた。霞色の作務衣を着て、胡坐をかいていた。瞑想のワーク中という感じだった。両手の肘、両足の膝から先は銀色の義手・義肢で輝いている。カーンは生まれながらに両手両足の先がないのだ。目の色が灰色がかっており、彫りが深い顔立ちをしている。頭はきれいに剃り上げられており、どこかカリスマ性を感じさせる。

カーンは祐一の姿を認めると、いつもの微苦笑を浮かべた。それはまるで感情のわからない表情だった。

祐一と長谷部は畳の上に腰を下ろすと、超人のような雰囲気をまとった男と対峙した。

「今回も解決されたんですね？」

カーンはそこでふっと微笑んだ。

「ムーンランド社の中森信一郎が煙草にレゴリスを仕込まれたかどで、殺人未遂を訴えたとか。同社ＣＥＯの若松雅夫が、中国の桃花に投資先を乗り換えようとした中森と朝倉瞳を亡きものにしようとしてやったのだと、そう耳にしましたよ」

祐一は感心してかぶりを振った。背筋には冷や汗が伝い落ちていった。

「カーンさんは耳ざといですね。警察関係者にも情報網をお持ちのようで」

「うちの会員は日本全国あらゆるところにいますからね。それにしても残念です。若松雅夫を被疑者としてこの事件の幕を引いてしまうのは」

祐一は怪訝に思い聞き返した。

「どういう意味です？」

「中森信一郎の煙草に仕込まれたレゴリスのサイズはナノサイズに調整されていた。まるで兵器のようなものだったそうですね。若松ＣＥＯがいかにレゴリスを研究しているとはいえ、極秘裏にそんな兵器じみたものを開発することができるでしょうか」

「レゴリスを仕込んだ者は他にいると？」

「そう考えるのが妥当です」

「いったい誰が？」

「たとえば、中国の桃花はどうでしょう？　スパイをわが国に送り込み、ライバル企業であるムーンランド社を内側から攻撃して、仲間内同士、疑心暗鬼にさせて滅ぼすという筋書きです」

祐一ははっとした。今回の事件で一点だけ気になっていることがあった。最上博士が推理していたことだが、中森の煙草にレゴリスを仕込んだ何者かの真の狙いは、ムーンランド社の評判を落とすことではないかということだ。殺された若松雅夫にはそんな動機などあるはずもない。

桃花ならばどうだろうか？　十分に動機を持っていることになる。

「証拠はあるんですか？」

「いえ、ありません。ですが、忘れてください。桃花はあの国がバックについていますからね。証拠など残すはずがないんです」

「なるほど」

カーンの言うとおりだ。本当に桃花と背後にいる中国の仕業ならば。

祐一は今日の目的を思い出した。

「実は、本日うかがいましたのは、その件のことではないんです。別件でカーンさんにお知恵を借りたくて参りました」

「そうでしたか。また逮捕されるのではないかと思ってヒヤヒヤしましたよ」

カール・カーンには他にカーンそっくりのクローンが何人かいた。そのうちの一人が違法行為に手を染めていたため、殺人や暴力行為の教唆の容疑でカーンを逮捕したことがあるのだ。

もっとも、その容疑は晴れて、いまやカーンは自由の身である。

祐一はかぶりを振った。

「いえ、今回はそうではありません。純粋にご協力をお願いしに参りました。島崎さんを襲った人物はわたしたちＳＣＩＳへ敵対心を持つ人物ではないかと考えています」

「ほう、最先端科学の絡んだ事案を捜査する使命を負ったSCISにですか」

「そうです。SCISに敵対するような思想を持った人物やそのような思想に心当たりはありませんか?」

カーンは微笑みながらこう聞き返した。

「あなたのお考えをまずお話しください」

祐一はいまの段階で考えていることを話すことにした。

「わたしは現代版のラッダイト運動の支持者ではないかと考えています」

「ほう。続けて」

「ご存じのようにラッダイト運動とは、一八一〇年代、産業革命期のイギリス中部および北部にある織物・編物工業地帯で起きた機械破壊運動のことです。産業革命によって生まれた資本制機械工業によって失業の危機にさらされた手工業職人やマニュファクチュア労働者たちが自分たちの職を奪わんとする機械を破壊したのです。いまはAIが人類の職を奪わんとしています。歴史は繰り返すといいますから、現代人が同じことを考えてもおかしくはないでしょう。最先端科学のもたらす弊害を憎む者たちにとって、最先端科学に絡む犯罪を扱いながら、その弊害について秘匿し続けるSCISは許せない存在として映ったのかもしれません」

「なるほど、世の中にはおかしな解釈をする人間もいるものですからね」

「今度はカーンさんの仮説を聞かせてください」

カーンは一つうなずくと話し始めた。

「科学は目覚ましい発展を遂げていますが、人間の本質ははるか昔から何ら変わるところがないものです。いくら科学が発展していようとも、それを用いる人間側に至らない点があれば、どうしても危なさが浮き彫りになる。間違った最先端科学の使用によって生まれる犯罪、それをあなた方ＳＣＩＳは捜査するわけです。しかし、それを快く思わない人物がいるとすれば、科学万能主義、あるいは熱狂的な科学崇拝者ですよ。どちらも狂っているでしょうがね」

「科学崇拝者……」

「彼らにとって科学とは新しい宗教です。科学者は科学という神に仕える敬虔な信者なわけですが、狂った科学崇拝者は自らを神と同一視するでしょう。自らを神と同一視した科学崇拝者は、科学によってもたらされる人類にとっての弊害を悪しきものととらえるでしょうか？」

「それは善でも悪でもない？」

「科学が人類を淘汰するために必要なプロセスだと見なすでしょうね」

「おそろしい思想です。その人物は間違いなく常軌を逸していますね」

「常軌を逸しているか、感情を完全に失っているのか。まるでＡＩのようにね」

カーンはそこで微苦笑を浮かべた。よくわからないが、微笑みに近いのだろうか。

人類にとって恐ろしい話をしているのに、なぜカーンが微笑んだのか、祐一には理解ができなかった。

主要参考・引用文献

本著を執筆するに当たって、左記の著作物・ウェブサイトを参考にさせていただきました。一部ほぼ引用させていただいた箇所もあります。ありがとうございました。

『「透明人間」の作り方』竹内薫　荒野健彦　宝島社新書
『スーパーヒューマン誕生！』稲見昌彦　ＮＨＫ出版新書
『監察医が見た死体の涙』上野正彦　青春出版社
『ほんとうにあった!?　世界の超ミステリー9　呪いと魔術の謎』並木伸一郎監修　ポプラ社
「『元気をもらう』の正体は心臓から出る電磁場」ＡＩ新聞
『宇宙開発の未来年表』寺門和夫　イースト新書Ｑ

『月はすごい』佐伯和人　中公新書
『宇宙ビジネスの衝撃』大貫美鈴　ダイヤモンド社
「月の表層には約80億人が10万年生き抜くのに十分な酸素が存在する」GIGAZINE

サイエンスライターの川口友万氏には多大なお力添えをいただきました。第二章の執筆は川口氏のお力なくしては成し遂げられませんでした。心より感謝を申し上げます。

二〇二二年四月、本シリーズは日本テレビとＨｕｌｕの共同製作により、『パンドラの果実～科学犯罪捜査ファイル～』とタイトルを変えてドラマ化されました。ドラマ化にご尽力いただきました株式会社エム・エーフィールドの明石雅晋代表取締役には大変お世話になりました。心より感謝を申し上げます。

本作はフィクションであり、作中の登場人物、事件、団体、商標などは、実在のものとは関係がありません。作中で触れられている科学的事象に関しましては、過去のSFが現実になる時代において、基本的に事実のみを記載しています。物語をエンターテインメントにするための論理の飛躍は多少行いました。人類の叡智の結晶である科学はわれわれにユートピアをもたらしてくれるかもしれませんが、良識と良心を失えば、それがディストピアにもなりかねません。読者のみなさまには、科学の素晴らしさと幾ばくかの危うさを、ミステリーの中で、楽しんでいただけましたら幸いです。

（著者）

光文社文庫

文庫書下ろし

SCIS 最先端科学犯罪捜査班SS I

著者　中村　啓

2022年6月20日　初版1刷発行

発行者　鈴木広和
印刷　新藤慶昌堂
製本　榎本製本

発行所　株式会社 光文社
〒112-8011　東京都文京区音羽1-16-6
電話 (03)5395-8149　編集部
8116　書籍販売部
8125　業務部

© Hiraku Nakamura 2022
落丁本・乱丁本は業務部にご連絡くだされば、お取替えいたします。
ISBN978-4-334-79369-2　Printed in Japan

R ＜日本複製権センター委託出版物＞
本書の無断複写複製（コピー）は著作権法上での例外を除き禁じられています。本書をコピーされる場合は、そのつど事前に、日本複製権センター（☎03-6809-1281、e-mail : jrrc_info@jrrc.or.jp）の許諾を得てください。

組版　萩原印刷

本書の電子化は私的使用に限り、著作権法上認められています。ただし代行業者等の第三者による電子データ化及び電子書籍化は、いかなる場合も認められておりません。

駅に泊まろう！ コテージひらふの雪師走　豊田 巧
隠蔽人類　鳥飼否宇
逃げる　永井するみ
にらみ　長岡弘樹
ニュータウンクロニクル　中澤日菜子
月夜に溺れる　長沢 樹
ロンドン狂瀾（上・下）　中路啓太
万次郎茶屋　中島たい子
ぼくは落ち着きがない　長嶋 有
霧島から来た刑事　永瀬隼介
海の上の美容室　仲野ワタリ
SCIS 科学犯罪捜査班　中村 啓
SCIS 科学犯罪捜査班II　中村 啓
SCIS 科学犯罪捜査班III　中村 啓
SCIS 科学犯罪捜査班IV　中村 啓
SCIS 科学犯罪捜査班V　中村 啓
スタート！　中山七里

秋山善吉工務店　中山七里
能面検事　中山七里
蒸発 新装版　夏樹静子
Wの悲劇 新装版　夏樹静子
誰知らぬ殺意　夏樹静子
いえない時間　夏樹静子
雨に消えて　夏樹静子
すずらん通り ベルサイユ書房　七尾与史
すずらん通りベルサイユ書房リターンズ！　七尾与史
東京すみっこごはん　成田名璃子
東京すみっこごはん 雷親父とオムライス　成田名璃子
東京すみっこごはん 親子丼に愛を込めて　成田名璃子
東京すみっこごはん 楓の味噌汁　成田名璃子
東京すみっこごはん レシピノートは永遠に　成田名璃子
血に慄えて瞑れ　鳴海 章
アロの銃弾　鳴海 章
体制の犬たち　鳴海 章

光文社文庫　好評既刊

帰郷　新津きよみ
父娘の絆　新津きよみ
誰かのぬくもり　新津きよみ
彼女たちの事情　決定版　新津きよみ
ただいまつもとの事件簿　新津きよみ
死の花の咲く家　仁木悦子
しずく　西加奈子
さよならは明日の約束　西澤保彦
寝台特急殺人事件　西村京太郎
終着駅殺人事件　西村京太郎
夜間飛行殺人事件　西村京太郎
夜行列車殺人事件　西村京太郎
北帰行殺人事件　西村京太郎
日本一周「旅号」殺人事件　西村京太郎
東北新幹線殺人事件　西村京太郎
京都感情旅行殺人事件　西村京太郎
つばさ111号の殺人　西村京太郎

知多半島殺人事件　西村京太郎
富士急行の女性客　西村京太郎
京都嵐電殺人事件　西村京太郎
十津川警部　帰郷・会津若松　西村京太郎
特急ワイドビューひだに乗り損ねた男　西村京太郎
祭りの果て、郡上八幡　西村京太郎
十津川警部　姫路・千姫殺人事件　西村京太郎
風の殺意・おわら風の盆　西村京太郎
マンション殺人　西村京太郎
十津川警部「荒城の月」殺人事件　西村京太郎
新・東京駅殺人事件　西村京太郎
祭ジャック・京都祇園祭　西村京太郎
消えた乗組員　新装版　西村京太郎
十津川警部「悪夢」通勤快速の罠　西村京太郎
「ななつ星」一〇〇五番目の乗客　西村京太郎
消えたタンカー　新装版　西村京太郎
十津川警部　幻想の信州上田　西村京太郎

光文社文庫　好評既刊

十津川警部　金沢・絢爛たる殺人　西村京太郎
飛鳥Ⅱ　SOS　西村京太郎
十津川警部　トリアージ　生死を分けた石見銀山　西村京太郎
リゾートしらかみの犯罪　西村京太郎
十津川警部　西伊豆変死事件　西村京太郎
十津川警部　君は、あのSLを見たか　西村京太郎
能登花嫁列車殺人事件　西村京太郎
十津川警部　箱根バイパスの罠　西村京太郎
十津川警部　猫と死体はタンゴ鉄道に乗って　西村京太郎
迫りくる自分　似鳥鶏
レジまでの推理　似鳥鶏
100億人のヨリコさん　似鳥鶏
難事件カフェ　似鳥鶏
難事件カフェ2　似鳥鶏
雪の炎　新田次郎
悪意の迷路　日本推理作家協会編
殺意の隘路（上・下）　日本推理作家協会編

沈黙の狂詩曲　精華編Vol.1・2　日本推理作家協会編
象の墓場　楡周平
デッド・オア・アライブ　楡周平
痺れる　沼田まほかる
アミダサマ　沼田まほかる
師弟　棋士たち　魂の伝承　野澤亘伸
宇宙でいちばんあかるい屋根　野中ともそ
洗濯屋三十次郎　野中ともそ
襷を、君に。　蓮見恭子
輝け！浪華女子大駅伝部　蓮見恭子
蒼き山嶺　馳星周
シネマコンプレックス　畑野智美
やすらいまつり　花房観音
時代まつり　花房観音
まつりのあと　花房観音
京都三無常殺人事件　花房観音
心中旅行　花村萬月

光文社文庫最新刊

浮世小路の姉妹　佐伯泰英

SCIS 最先端科学犯罪捜査班[SS] I　中村 啓

〈銀の鰊亭〉の御挨拶　小路幸也

虎を追う　櫛木理宇

競歩王　額賀 澪

結婚の味 よりみち酒場 灯火亭　石川渓月

はい、総務部クリニック課です。　藤山素心

喧騒の夜想曲 白眉編 Vol.2 日本最旬ミステリー「ザ・ベスト」　日本推理作家協会・編

初花 決定版 吉原裏同心(5)　佐伯泰英

遣手 決定版 吉原裏同心(6)　佐伯泰英

夜来る鬼 決定版 牙小次郎無頼剣　和久田正明

妙麟　赤神 諒

惜別 鬼役[五] 新装版　坂岡 真

影忍び 日暮左近事件帖　藤井邦夫